AF354065

Siegfried Bergengruen

Die Puppen des Maharadscha
(Mystery-Krimi)

e-artnow 2018

Louis Weinert-Wilton
Weinert-Wilton-Krimis: Der schwarze Meilenstein, Die chinesische Nelke, Die Panther, Die Königin der Nacht, Die weiße Spinne, Der Drudenfuß & Teppich des Grauens

Louis Weinert-Wilton
Die Panther (Ein Weinert-Wilton-Krimi)

Robert Fuchs-Liska
Um ein blondes Frauenhaar (Mystery-Krimi): Thriller

Karel Čapek
Hordubal

Moritz Wilhelm Sophar
Dunkle Taten (Kriminalroman)

Siegfried Bergengruen

Die Puppen des Maharadscha (Mystery-Krimi)

e-artnow, 2018
Kontakt: info@e-artnow.org

ISBN 978-80-268-8899-4

Inhaltsverzeichnis

Kapitel 1
Sanjo Afru

Er wußte selbst nicht, wie er dazu gekommen war! Aber eines Abends fand er sich plötzlich in einer verräucherten Kneipe, zwischen Matrosen und allerlei zweideutigem Gesindel, schmierige Karten auf die unsaubere Tischplatte hauend. Er fluchte wie sie, spuckte wie sie und gröhlte gleich ihnen, wenn eine größere Summe aus der Bank in seine Hände floß. Dann bestellte er Schnaps für die ganze Korona, denn er hatte den Gewinn nicht nötig und brauchte vorläufig nicht davon zu leben, was ihm die Glücksblättchen in den Schoß warfen.

Das war, wie gesagt, der Anfang. Aber es blieb nicht dabei. Einmal ließ er sich seinen Frack abbürsten, telephonierte nach einem Auto und fuhr ins Kasino de Paris. Da war es anders als in den Kaschemmen, denn die Herren trugen gestärkte Hemdbrüste, die Frauen hatten wenig an und die Schritte ertranken in tiefen Persern. Statt Schnaps trank man Sekt und statt um ein paar lumpige Franken ging es auf Hunderte, Tausende, und wenn man wollte – Millionen! – Dieses aber hatte Erwin Gerardi gesucht. Er setzte sich an einen Tisch, an dem gerade ein Platz frei wurde, goß drei Glas Champagner hinunter und begann zu jeuen. Erwin Gerardi war nämlich einer jener unverbesserlichen Käuze, die sich einbilden, ein System erfunden zu haben, nach dem sich ohne Verlust und mit viel Gewinn spielen läßt. Er hatte es in den Kaschemmen erprobt und wollte nun auch im großen Stile davon Gebrauch machen.

Und siehe, tatsächlich, er gewann! Gewann Unsummen! In bauschigen Bergen türmten sich um ihn die Banknoten, knisterten in allen Taschen, raschelten lüstern zwischen den Fingern. Seine Partner mußten die Plätze aufgeben, da sie bankerott waren. Neue Gegner nahmen ihre Stelle ein. Aber er blieb und siegte! Als er in den Morgenstunden heimfuhr, hatte er sein Vermögen verdoppelt! Hielt er bereits früher viel auf sein System, so schwor er nun darauf.

Das ging so lange, bis eines Tages ein fremder Herr in indischer Tracht in den Sälen des Kasinos de Paris erschien. Wie man beim Portier feststellte, hatte er sich als Sanjo Afru, Bevollmächtigter des Maharadschas von Sukentala, eingetragen. Reichtümer ließen sich hinter diesem Menschen vermuten, aber auch magische Kräfte, mit denen sich niemand messen wollte. Die Männer gingen in einem Bogen um ihn herum und die Frauen lächelten süß, wenn sein lässiger Blick sie traf.

Wen anders sollte man dem Inder gegenüberstellen, als den vom Glück gezeichneten, durch sein System gefeierten Erwin Gerardi. Ein paar Mitläufer wurden mit Mühe und Not aufgetrieben, dann ging die Sache los. Und auch Sanjo Afru verlor! Dabei ging es um Riesensummen. Da es an Bargeld mangelte, spielte man auf Schecks. Glühende Wirbel jagten durch Gerardis Hirn. Größer und größer wurde der Haufen des Geldes, der sich vor ihm staute. Nie wieder wollte er eine Karte anrühren, so gelobte er sich, wenn er auch diesmal siegreich aufstand. Ein gewaltiges Rittergut wollte er sich kaufen und dann heiraten!

Ja! Die schwarzlockige Tänzerin Ivonne Martinet, die sich bisher seinen Bewerbungen gegenüber ablehnend verhielt, da sie ihn für zu wenig kapitalkräftig glaubte. Aber nun würde sie wohl nicht umhin können.

Und dann: ein Auto mußte her! Ach was! Drei Autos mindestens, und ein Schwimmbad mit marmornem Becken und Spiegelwänden und erstklassige Rennpferde...

»Auf wieviel gehen Sie?« fragte da die dumpfe Stimme des Inders laut und unsympathisch mitten in seine rosigen Träume hinein.

»Aufs Ganze!« sagte Gerardi unbedacht, denn er ärgerte sich, daß sein Partner ihn gestört hatte.

»Aufs Ganze? – O, bitte. Es stehen nur – fünf Millionen Franken!«

Fünf Millionen Franken?!

Gerardi überlief ein Grauen. Seine Hände begannen zu zittern. In seinen Schläfen hämmerte das Blut, kalter Schweiß feuchtete seine Stirn.

Die anderen Gäste hatten erfahren, worum es ging und drängten in lautlosen erregten Scharen zum Spieltisch. Fünf Millionen Franken! So etwas war noch nie dagewesen!

Gerardi kaufte und erhielt zwanzig Punkte. Er triumphierte innerlich. Am liebsten hätte er die Zahl laut herausgebrüllt. Nun sollte der Mann da gegenüber versuchen, ihn zu überbieten.

Sanjo Afru deckte seine Karte auf. Es war ein As. Einen Augenblick zögerten seine Finger wie Schlangen, die sich zusammenducken, bevor sie zum Biß vorstoßen. Dann kaufte er! Und erhielt noch ein As!

Jemand schrie: »Einundzwanzig!« –

Gerardi erhob sich taumelnd.

»Einen Scheck über fünf Millionen Franken, bitte...« sagte freundlich die Stimme Afrus.

Gerardi schrieb. »Wieviel Nullen...?« fragte er tonlos.

»Sechs...« half ihm der Inder liebenswürdig ein.

»So, sechs? – Ich danke!« –

Er wankte hinaus. Der Portier wollte ihm den Mantel umhängen, aber er schob ihn zurück. Im nächsten Augenblick umgab ihn die Kühle des Gartens. Er war ruiniert, daran ließ sich nichts ändern. Noch mehr, er hatte nicht nur sein eigenes Vermögen verspielt, sondern sogar Schecks unterschrieben, die über seine Zahlungsfähigkeit hinausgingen. Schon morgen würde das der Inder auf der Bank feststellen. Dann wurde er für den Betrug belangt, verurteilt, ins Zuchthaus gesperrt. Verzweiflung und Lebensüberdruß bemächtigten sich seiner. Er ging bis an eine niedrige Mauer, die den Park im Süden begrenzte, und über deren Brüstung hinweg man einen wunderbaren Blick auf das mondbeschienene Mittelländische Meer hatte, auf dem hier und dort die rötlichen Lichtlein der Gondeln funkelten. Aber in diesem Augenblick sah der unglückliche, einsame Mann nichts von der großen Schönheit, die sich da vor ihm breitete. Der eine Gedanke, daß er gespielt und verloren hatte, ein für allemal, erfüllte völlig sein Herz. Ohne zu zögern, griff er in die Brusttasche und zog daraus eine kleine, im Mondlicht glänzende Pistole hervor. Wenn schon ein Ende gemacht werden mußte, dann wenigstens schnell und ohne Sentimentalität.

Aber er kam nicht zum Schuß.

Eilige Schritte knirschten plötzlich hinter ihm durch den Kies. Er wandte sich und steckte die Waffe weg. Vor ihm stand Sanjo Afru! Minutenlang sahen sich die beiden Männer in die Augen.

»Wenn ich ihn jetzt niederknalle, bin ich gerettet!« durchzuckte es Gerardis Hirn. »Kein Mensch würde es hören! Die Brandung ist viel zu laut! Er hat sicherlich alle Schecks und viel Bargeld in der Tasche! Ich wäre wieder ein gemachter Mann!« –

Aber in Sanjo Afrus Blick lag etwas so furchtbar Zwingendes und zugleich Spöttisches, das da sagen wollte, ich kenne ja alle deine schwarzen Absichten und sehe mich schon vor ..., daß Gerardi seine Gedanken aufgab und unwillkürlich einen Schritt zurücktrat. »Geben Sie mir die Waffe!« sagte Afru leise und befehlend, und streckte die Hand aus.

Gerardi tat es ohne Widerspruch.

Afru betrachtete den Browning interessiert, lächelte dann geringschätzig und warf ihn über die Brüstung. Unten klatschte er aufs Wasser auf. Dann holte er eine Brieftasche heraus und überreichte sie Erwin. »Bitte,« sagte er, »hier sind Ihre Verluste. Ich erstatte sie Ihnen zurück. Es tut mir leid, wenn Sie sich um dieser Lappalie willen Sorgen gemacht haben.« –

Gerardi wußte nicht, wie ihm geschah. Er wollte danken, aber irgend etwas Heißes, das in seiner Kehle aufquoll, machte es ihm unmöglich, auch nur das kleinste Wort hervorzubringen. Stumm griff er nach der Hand des Inders.

Der aber zog sie zurück. »Sparen Sie Ihren Dank, denn ich habe noch nicht zu Ende gesprochen. Ich gebe Ihnen nicht umsonst fünf Millionen Franken zurück. Ich verlange für dieses Entgegenkommen auch Ihrerseits einen Dienst!«

Gerardi nickte eifrig. Es war ihm sogar lieb, wenn er etwas für den Fremden tun konnte, dann ging er wenigstens nicht völlig als Schuldner aus dieser unglückseligen Affäre hervor. »Ich stehe zu Ihrer Verfügung,« antwortete er heiser.

»Gut. Was ich von Ihnen verlange, ist denkbar einfach. Wie Sie gehört haben, bin ich der Beauftragte des Maharadscha von Sukentala. Dieser Herrscher hat nun, wie viele hohe Persönlichkeiten, eine eigenartige Marotte. Er sammelt Puppen! Und ich bin eigens nach Europa entsandt, um für ihn die schönsten Puppen ausfindig zu machen und nach Indien zu schicken. Dabei sollen Sie mir helfen…!?«

»Gerne,« sagte Erwin Gerardi interessiert. »Aber worauf soll sich meine Tätigkeit erstrecken?«

»Auf nichts anderes, als den großen Koffer, der einmal monatlich mit den für den Maharadscha eingekauften Puppen hier eintrifft, eine Nacht lang bei sich aufzubewahren!«

Gerardi sah erstaunt auf. Er hatte das Gefühl, diese Angelegenheit habe irgendeinen Haken.

Afru durchschaute sogleich seine Gedanken. »Sie brauchen nicht zu befürchten, etwas Unerlaubtes zu tun. Es handelt sich lediglich um den Zufall, daß ich des öfteren außerhalb von Marseille auf Reisen bin und den sehr wertvollen Inhalt des Koffers bis zum Abtransport in guten Händen wissen möchte. Im übrigen steht es Ihnen frei, meinen Antrag abzuschlagen und sich zurückzuziehen. Ich müßte dann allerdings…!?«

»Nein,« sagte Erwin schnell, »ich ziehe mich nicht zurück.«

Im Grunde war es ja einerlei, was für eine Bewandtnis es mit dem Koffer hatte. Ihm konnte niemand etwas anhaben, wenn er aus purer Liebenswürdigkeit ein harmloses Gepäckstück aufbewahrte. »Schicken Sie den Koffer ruhig zu mir!«

Der Inder verneigte sich. »Die nächste Ladung kommt am Samstag über acht Tage beim Einbruch der Dunkelheit und wird im nächsten Morgengrauen abgeholt werden.«

Er grüßte und verschwand.

Erwin Gerardi war wieder allein.

Mit zitternden Händen öffnete er das Portefeuille und schrie fast vor Überraschung und Freude. Statt seiner wertlosen Schecks befand sich darin eine Anweisung über 5 Millionen Franken, die am nächsten Tage auf einer Bank von Marseille abgehoben werden konnten!

Kapitel 2
Ein Millionengeschäft

Als Erwin Gerardi um die Mittagszeit erwachte, strahlte funkelnder Sonnenschein durch die breiten Fenster. Erschreckt fuhr er auf und schaute nach der Uhr. Halb Zwei!

Er tastete nach der Stirn, die heftig schmerzte.

Was ...was hatte er erlebt?

Plötzlich fiel sein Blick auf die Tasche aus braunem Leder, die auf seinem Nachttisch lag. Es war also kein Traum gewesen. Er ergriff die Tasche, klappte sie auseinander und zog das marmorierte Stempelpapier hervor.

5 Millionen Franken!

Immerhin fragte es sich, ob die Sache stimmte und die Bank die Auszahlung nicht verweigern würde.

Mit fliegenden Händen kleidete Erwin sich an, trank eine Tasse Mokka, rauchte eine Zigarette und war um zwei Uhr bereits auf der Straße.

Dort merkte er, daß außer dem Scheck kein Sou sein eigen war. Wütend kramte er in allen Taschen und machte sich schließlich zu Fuß auf den Weg zur Bank.

Es war ein sehr heißer Tag und die Sonne brannte mit wahrhaft südlicher Glut auf die Straßen nieder. Scharf umrissen fielen von den Häusern ihre schwarzen Schlagschatten über den blendenden Asphalt, der unter der Hitze weich zu werden begann. Autos wirbelten benzinduftende Staubwolken auf. Motorräder schnauften und dröhnten. Die sonst so mißachtete Straßenbahn erschien Erwin Gerardi in diesem Augenblick begehrenswert und bequem. Aber er mußte laufen! Und war doch fünffacher Millionär!

An der Ecke der Rue du Progres und der Rue Bergere rannte er mit einer Dame zusammen. Sie kam aus dem Café Glacier, fächelte sich mit einem duftenden Tüchlein Kühlung zu und winkte angestrengt nach einer Autodroschke.

»Ivonne!« rief Erwin erfreut. »Sie sendet mir der Himmel! Sie müssen mich nach der Bank du Commerce fahren!?«

Ivonne Martinet betrachtete den erregt und erhitzt aussehenden Erwin vom Kopf bis zu den Füßen und sagte dann mißbilligend:

»So sieht also ein Mann aus, der sein ganzes Vermögen verspielte! Ich wüßte nicht, was Sie – ausgerechnet Sie – noch auf der Bank du Commerce zu suchen hätten und warum gerade ich Sie dorthin fahren sollte!?«

Erwin sah ein, daß hier eine langatmige Erklärung nutzlos war. Außerdem fuhr gerade das Auto vor. Es war also keine Zeit zu verlieren. Ohne Umstände griff er in die Tasche, holte den Scheck hervor und hielt ihn Ivonne unter die Nase. »Lesen Sie!« sagte er lakonisch, »und behaupten Sie noch einmal, ich habe nichts auf der Bank zu tun!«

Und da Erwin bestätigend nickte:

»Merkwürdig! – Ich habe nie geahnt, daß Ihnen so große Reserven zur Verfügung ständen. Von Ihrem Vater können Sie das eigentlich doch nicht geerbt haben!?«

»Habe ich auch nicht!« lachte Erwin belustigt. »Aber wollen wir nicht fahren? Es wird höchste Zeit und ich besitze keinen Sou Kleingeld.«

*

Am Eingang des Kassensaales trat ein kleiner eleganter Herr von asiatischem Typus auf Erwin und Ivonne zu und fragte halblaut:

»Habe ich es mit Monsieur Erwin Gerardi zu tun?«

»Gewiß, der bin ich,« sagte Erwin erstaunt. »Womit kann ich Ihnen dienen?«

Der kleine Herr verneigte sich tief. »In nichts, Monsieur, im Gegenteil, Sanjo Afru hat mich beauftragt, Ihnen behilflich zu sein, falls die Auszahlung Schwierigkeiten machen sollte. Ich bin sein Sekretär.«

Sie begaben sich in das Kassenzimmer.

Erwin wies den Scheck vor, der sogleich angenommen wurde. Der Beamte erkundigte sich, was mit der Summe geschehen solle.

Erwin dachte einen Augenblick nach. Dann erbat er sich zehntausend Franken in bar und ließ den Rest seinem Konto gutschreiben.

»Sehr wohl...«

Der Beamte kehrte mit einem Päckchen Tausendfrankscheine zurück.

»Hier bitte. Sie haben vielleicht die Güte, nachzuprüfen.«

Aber Gerardi machte eine abwehrende Handbewegung und unterschrieb eine Quittung.

Vor dem Portal stellten Ivonne und er fest, daß der Fremde im Gewühl verschwunden war. Sie fuhren nach dem Maison Doree, um zu speisen. Das dauerte anderthalb Stunden und war sehr ausgiebig. Als sie endlich bei Kaffee, Chartreuse und Zigaretten angelangt waren, legte sich Ivonne behaglich zurück und sagte: »Was nun?«

Erwin kniff das rechte Auge zusammen, schnippte die Asche von seiner Zigarette und antwortete kühl: »Das Geschäft.«

Es war Ivonne klar, daß sich mit einem Manne, der fünf Millionen Franken auf der Bank und zehntausend Franken in der Tasche stecken hatte, schon Geschäfte machen ließen.

»Kann ich Ihnen dabei behilflich sein?« fragte sie freundlich.

Erwin erhob sich und ging einigemal auf und nieder. Schließlich blieb er vor Ivonne stehen. »Sie kennen Monsieur Doufrais persönlich?«

»Ich kenne ihn.«

»Er steht vor der Pleite.«

»Schön, würden Sie sich bereit erklären, festzustellen, unter welchen Bedingungen Doufrais seine Fabrik verkaufen will?«

»Sie sind der Käufer?«

»Ja. Aber er braucht es noch nicht zu wissen.«

Ivonne dachte einen Augenblick nach. Dieser Mann hatte Großes vor, und das imponierte ihr. Es lohnte sich mit ihm zu arbeiten. Vielleicht würde er sie sogar heiraten. Er hatte früher dergleichen Andeutungen fallen lassen. Aber damals hatte sie ja noch nicht gewußt ...! Jedenfalls bestand kein Hindernis, in die Sache hineinzuspringen. Aber Geschäft war Geschäft.

»Ich brauche einen Vorschuß auf meine Provision,« sagte sie lässig, »sonst kann ich nicht mitmachen.«

»Aber gewiß!« Erwin überreichte ihr einen Tausendfrankenschein. »Wenn es weiter nichts ist. Ich hoffe, diese Kleinigkeit wird vorläufig genügen. Treffpunkt: zehn Uhr abends im Café de Paris!«

»Ich werde tun, was möglich ist.«

Er küßte ihr die Hand und geleitete sie zum Auto.

Als sie abgefahren war, ging er ans Telephon. »18 066, bitte!«

Knistern, Schwirren, dumpfes Knacken. Dann eine etwas heisere Stimme:

»Hier Francois Courton.«

»Hier Erwin Gerardi...«

»Du? Sehr schön, daß du lebst. Mir wurde aus dem Casino de Paris berichtet, du habest fünf Millionen Franken verspielt und es infolgedessen vorgezogen, dich in ein besseres Jenseits zu verflüchtigen. Aber diese Nachricht scheint nicht auf Tatsachen zu beruhen ... Oder sprichst du etwa aus dem Himmel ...?«

»Im Gegenteil. Ich stehe so fest wie lange nicht mit beiden Beinen auf der Erde. Außerdem ist einiges von Bedeutung vorgefallen. Ich bin in Besitz einer größeren Summe Geldes gelangt. Könntest du daher auf zwei Worte ins Maison Doree kommen? Ich habe etwas mit dir zu besprechen. Es betrifft, damit du im Bilde bist, das Terrain von Doufrais ...!«

»Von Doufrais? Ich verstehe. In zehn Minuten bin ich bei dir und bringe das Material mit.«

Francois Courton war Ingenieur und Sachverständiger der Eisenbahnverwaltung. Unter anderem hatte man es ihm übertragen, die neue Eisenbahnlinie von Marseille nach Cannes abzustecken.

Gerardi überzeugte sich, als der andere kam, daß die ledergepolsterten Türen verschlossen waren und setzte sich Francois gegenüber.

»Wie stehen unsere Aktien?« fragte er leise.

Courton entnahm der Aktenmappe eine Karte der Umgegend von Marseille, durch deren grüne, blaue und schwarze Farbenfelder sich eine dicke rote Linie wand. Courton fuhr mit dem Zeigefinger die Linie entlang und hielt schließlich an einem Punkt, der durch eine Ansammlung schwarzer Klexe als bebautes Gebiet gekennzeichnet war.

»Hier,« sagte er ruhig, »ist was du wünschest!«

Gerardi beugte sich vor und bemerkte, daß die rote Linie quer durch das Terrain der Doufraisschen Werke gelegt war.

»Bist du zufrieden?« fragte Courton. »Dieser Plan bleibt noch fünf Tage geheim, so lange hast du also Zeit zum Handeln. Sobald seine Veröffentlichung erfolgt ist, wird wohl kaum einer, durch dessen Besitztum die neue Eisenbahnlinie gehen soll, daran denken, gutwillig zu normalen Preisen zu verkaufen.«

»Ich bin zufrieden,« sagte Gerardi. »Alles Nötige ist eingeleitet. Falls die Sache richtig klappt, bekommst du hunderttausend Franken. Genügt das?«

»Es genügt. Aber du weißt: nur noch fünf Tage!«

Erwin Gerardi fuhr nach Hause, um sich umzuziehen. Als er seine schlanke Gestalt in Frack, blendender Hemdbrust und schwarzer Binde im Spiegel bewunderte, lächelte er seinem eigenen Bilde zu. Das Leben war doch schön! Wenn er sich auch hatte erschießen wollen. Denn gerade die lauernden Gefahren verliehen dem Dasein einen eigenen Reiz.

Es war nach Zehn, als er im Kasino eintraf.

Überall begegnete er erstaunten Blicken, die zu sagen schienen: Also du bist wieder da? Und wir dachten schon...!

Am Spieltisch traf er Ivonne, die ein Zehnfrankstück nach dem anderen auf Rouge setzte und verlor.

»Lassen Sie das, Ivonne,« rief er. »Sie haben heute kein Glück im Spiel.«

Sie setzten sich in eine abgelegene Nische und bestellten Sekt und Austern.

Als der Sekt in den Kelchen perlte, fragte Erwin: »Also, Schönste der Frauen, was haben Sie ausgerichtet?«

Ivonne ließ sich Zeit. Dann antwortete sie: »Nichts zu machen. Der alte Doufrais denkt nicht daran, zu verkaufen. Er sagt, mit der Pleite habe es noch seine gute Zeit. Allerdings, wenn ich wüßte, daß ihm jemand eine Million vorschießen wolle – zu hohen Zinsen natürlich – das sei etwas anderes. Aber verkaufen – nein!«

»Verdammt!« Erwin schlug mit der Faust auf die Marmorplatte des Tisches. »Der Alte ist verrückt! Auf die verfahrene Karre auch noch Geld leihen? Aber, wenn er nicht verkaufen will, gut, so werde ich ihn zwingen!«

Er ergriff das Tischtelephon und ließ sich mit dem Detektivbureau »Union« verbinden.

»Union! Was steht zu Diensten?«

»Ich brauche Daten über die Firma Doufrais bei Marseille!« –

»Sehr wohl! Hat die Angelegenheit eine Stunde Zeit?«

»Nein. Dreißig Minuten müssen genügen!«

»Gut. Wohin können wir unseren Beauftragten mit den Feststellungen senden?«

»Casino de Paris. Marmorsaal. Elfte Seitenloge links. Erwin Gerardi.«

Er hängte den Hörer an. Die Sache kam in Schwung.

Sechs Minuten nach Elf betrat ein Herr mit markanten Zügen den Marmorsaal.

»Habe ich die Ehre mit Monsieur Gerardi?« erkundigte er sich höflich.

»Ganz recht. – Nehmen Sie Platz, Monsieur...?«

»Morton...«

»Monsieur Morton, trinken Sie ein Gläschen und erzählen Sie dann.«

Der Detektiv berichtete. Es erwies sich, daß Doufrais schon längst pleite gewesen wäre, wenn ihn nicht die Aufträge der Firma Spanetti in Mailand vor dem Schlimmsten bewahrt hätten.

»Kennen Sie den gefährlichen Konkurrenten von Doufrais?« fragte Gerardi gespannt.

»Einen Augenblick!«

Morton zog ein Notizbuch aus der Tasche und nannte dann mehrere Namen. Maßgebend sei auf alle Fälle der mittelfranzösische Seidentrust mit dem Direktionssitz in Lyon!

»Gut! Das genügt!« Gerardi beglich die Rechnung, steckte dem erfreuten Morton eine Hundertfranknote zu und verließ in Begleitung Ivonnes das Kasino.

»Ich fahre mit dem nächsten D-Zug nach Lyon! – Wollen Sie mich begleiten?«

»Ich bin gespannt, wie Sie die Sache ins Lot bringen werden und komme daher mit ... das heißt, wenn es Sie nicht stört ...?«

Erwin Gerardi lachte. Es war ein fröhliches Lachen, aus dem Ivonne schloß, daß ihre Chancen gut standen.

Im Morgengrauen trafen sie in Lyon ein. Ohne Zeit zu verlieren, fuhren sie nach dem Direktionsgebäude des Seidentrusts.

Es dauerte eine Weile, bis ihnen ein verschlafener Portier öffnete.

»Ist der Generaldirektor zu sprechen?«

»Verreist.«

»Wohin?«

»Paris.«

»Wer vertritt ihn?«

»Ingenieur Massot. Kommt um zehn Uhr.«

»Zu spät. – Wo wohnt er?«

»Rue du Valence 32!«

Schwapp war die Tür wieder zu. Erwin und Ivonne sprangen ins Auto und fuhren nach der Rue de Valence.

Das Haus Nr. 32 war erstaunlicherweise offen. Ein hübsches Kammerkätzchen stand im Vorgarten und klopfte beim Schein der ersten Sonnenstrahlen Teppiche.

Erwin ging auf sie zu: »Monsieur Massot schon auf?«

Gelächter als Antwort.

»Aber Monsieur! Um diese Zeit? – Nach vier Stunden das wäre was anderes.«

»Sie müssen ihn wecken! Es handelt sich um ein äußerst wichtiges Geschäft!«

Noch immer zögerte die Kleine, wurde aber, als ihr Erwin einen Zehnfrankschein in die Hand drückte, sofort von der Dringlichkeit der Sache überzeugt.

»Gut, gut ..., ich werde seh'n, was sich machen läßt!«

Verschwunden war sie.

Es dauerte fünf Minuten, zehn Minuten, eine Viertelstunde.

Erwin wurde ungeduldig.

Um neun Uhr dreißig ging ein Zug nach Marseille zurück, den wollte er benutzen. Schließlich hatte er für das ganze Geschäft nur fünf Tage Zeit und der erste war bereits angebrochen.

Als zwanzig Minuten vergangen waren, ohne daß sich jemand meldete, hielt er es nicht mehr länger aus und ging hinein. Bereits auf dem Vestibül hörte er eine männliche und eine weibliche Stimme, die in erregtestem Tonfall Zwiesprache hielten.

»Laß mich zufrieden ..., ich will noch schlafen!«

»Und ich sage Ihnen zum hundertstenmal: es ist ein feiner Herr, der eigens aus Marseille gekommen ist, um mit Ihnen ein wichtiges Geschäft zu verabreden.«

»Unsinn. Es ist wieder irgendein Vagabund, der dich zum besten hält und mich um ein paar Sous anbetteln will!«

»Um ein paar Sous?!« Des Mädchens Stimme klappte über vor Zorn und Eifer. »Um ein paar Sous?! – Na, wenn das so einer wäre, hätte er mir wohl nicht zehn Franken gegeben, damit ich Sie wecke ...!«

»Zehn Franken? Donnerwetter!«

»Jawohl, zehn Franken! Aber ich gehe nun, bringe sie zurück und erzähle ihm, daß er ruhig nach seinem Marseille zurückfahren kann, da der Ingenieur Massot zu faul sei, um morgens Geschäfte zu machen!«

Erwin wartete indessen nicht ab, bis das erzürnte Kammerkätzchen wieder bei ihm erschien, sondern öffnete ohne Umstände die Tür. Das Zimmer war geräumig und halbdunkel. In einer Ecke stand ein großes Bett. Auf dessen Rand saß ein Mann in blauseidenem Schlafanzug und bemühte sich, möglichst schnell ein paar rote türkische Morgenschuhe an die Füße zu bekommen.

»Pardon,« sagte Erwin, »wenn ich störe. Aber mein Zug geht in 45 Minuten … Ich habe doch die Ehre mit Herrn Ingenieur Massot?«

»Allerdings, der bin ich … Und Sie …?«

»Erwin Gerardi aus Marseille. Ich komme, da ich Sie um eine Gefälligkeit bitten möchte …«

»Ich pumpe prinzipiell nicht!«

»Ganz mein Fall! Aber bei Ihnen will ich eine Ausnahme machen! Ich biete Ihnen persönlich zehntausend Franken, wenn Sie das Geschäft für mich machen …!«

»Was für ein Geschäft?«

»Mit der Firma Spanetti in Mailand!«

»Kauft von uns nicht! Wird von Doufrais beliefert!«

»Weiß ich. Sie setzen sofort ein Telegramm an Spanetti auf, in dem Sie drei Wagenladungen Seide loko Mailand um zehn Prozent billiger offerieren als Doufrais …!«

»Sie sind wahnsinnig, Herr! Wir würden dann einen Verlust von nahezu sechs Prozent erleiden und haben nicht den geringsten Anlaß, uns in dergleichen sinnlose Affären hineinzustürzen!« –

»Die Angelegenheit ist weder sinnlos, noch eine Affäre! Wenn es Ihnen gelingt, ein einziges Mal die Aufträge der Firma Spanetti an Doufrais auf sich überzuleiten, ist Doufrais pleite …!«

»Wissen Sie das bestimmt?«

»Jawohl. Damit Sie ganz sicher gehen, erbiete ich mich, den Verlust zu tragen. Genügt Ihnen das?«

»Und ich bekomme …?«

»Wie ich schon sagte, zehntausend Franken, die auf der Société Générale deponiert werden.«

Massot dachte einen Augenblick nach. An der Sache war alles klar und nichts zu verlieren. Im Gegenteil, da er 6 Prozent Verlust kalkuliert hatte, und dieser in Wirklichkeit nur 4 Prozent betrug, würde die Firma durch die Sicherstellung dieses seltsamen Herrn Gerardi aus Marseille noch 2 Prozent der Gesamtsumme gewinnen. Und er? Er konnte zehntausend Franken auf alle Fälle brauchen. Immerhin mußte er sich mit dem Generaldirektor verständigen!

Während er sich unter Beihilfe Gerardis in aller Eile ankleidete, meldete er ein Telephongespräch nach Paris an. Es wurde neun Uhr, bis er den Anschluß bekam.

Der Generaldirektor aber war gerissener als sein Gehilfe. Er durchschaute sofort die Dringlichkeit der Sache und beschloß daraus Kapital zu schlagen. Er ließ Erwin Gerardi mitteilen, er könne seine Zustimmung nur erteilen, wenn er bereit sei, außer den 6 Prozent Verlust noch 2 Prozent Risikoentschädigung zu bezahlen.

Gerardi war nicht erbaut, als Massot ihm diesen Bescheid brachte. Aber die Zeit drängte, und es war keine Minute zu verlieren. Der Not gehorchend, sagte er zu.

Hals über Kopf ging es nach der Hauptpost. Das Telegramm wurde aufgegeben und die Antwort bezahlt. Sobald diese einlief, sollte Massot Gerardi in Marseille benachrichtigen.

Und dann saßen sie beide, Erwin und Ivonne, wieder in dem bequemen, geschlossenen Abteil des Zuges nach Marseille, den sie mit knapper Not erreicht hatten. Auf und ab schwangen die Drahtbündel der Telegraphenlinien neben dem Zuge. Zuweilen schauten für kurze Augenblicke die roten Dächer und weiße Mauern freundlicher Städtchen aus dem Grün der Landschaft, um bald wieder zu verschwinden.

Ivonne war sehr müde. Alle die vielen Ereignisse des letzten Tages, der vergangenen Nacht und dieses Morgens, die in kinematographischer Schnelle über sie hingestürmt waren, hatten auch ihre sonst recht widerstandsfähigen Lebensgeister mürbe gemacht. Das rhythmische Geräusch der Räder, das leise Schaukeln der Wagen und die streichelnde Wärme der Sonne machten sie vollends schläfrig. Sie schloß die Augen. Langsam, ganz langsam sank ihr feiner blasser Kopf zur Seite und schmiegte sich an Erwins Schulter.

Er lächelte und legte den Arm um sie.

So saßen sie lange.

Valence und Avignon zogen vorüber. Die ersten Vorstädte von Marseille schoben ihre verräucherten Mauern an die Schienen.

Da weckte Erwin seine Gefährtin durch einen Kuß.

Mit einem leisen Schrei fuhr sie auf: »Was … was … ist?!«

»Nichts. Wir sind in Marseille!«

»Du … hast mich … geküßt?!« – Und dann ganz erzürnt, daß sie selbst »Du« gesagt hatte: »Das war nicht hübsch von Ihnen, das war…«

Aber er ließ sie nicht zu Worte kommen. Er nahm ihr schlafheißes, schönes Gesicht zwischen beide Hände und drückte einen, nein, viele Küsse auf ihren schmollenden Mund.

Schließlich rang sie sich los und wies hinaus. »Nun ist's aber genug!« rief sie atemlos. »Fast wäre ich erstickt, du schlimmer, böser, lieber Mensch! – – Was sollen sich denn überhaupt die Menschen denken…?!«

Und wahrhaftig, der Zug stand längst auf dem Hauptbahnhof von Marseille und ein ganzer Schwarm Neugieriger beobachtete schmunzelnd die stürmischen Zärtlichkeiten, mit denen Erwin seine Angebetete überschüttete.

Kapitel 3
Ein kleiner Flirt und ein großer Erfolg

Erwin wartete.

Er wartete stundenlang. Aber was nicht kam, war der Anruf des Ingenieurs Massot aus Lyon, der über die telegraphische Antwort der Firma Spanetti berichten sollte. Das Schlimmste war: er konnte sich nicht vom Fleck rühren. Er mußte jeden Augenblick gewärtig sein, daß das Telephon klingle. Dreimal hatte er bereits bei Ivonne angeläutet, aber dreimal hatte sich niemand gemeldet. Es war zum Verzweifeln! Endlich, um sieben, als es bereits dämmerte und er nahe daran war, vor Ungeduld alles kurz und klein zu schlagen, tauchte sie wenigstens auf.

Als er ihr Vorwürfe machte, daß sie nicht geantwortet habe, lachte sie ihn aus. »Ja, Liebster ... siehst du, wenn ich mal schlafe, was selten vorkommt und meist nur des Tags, dann schlafe ich eben, da mag es nun klingeln oder donnern oder blitzen soviel das Zeug hält. Das mußt du schon entschuldigen. Und dann, als ich mich ausgeschlafen hatte, bin ich ausgegangen und habe für den schäbigen Rest meiner tausend Franken ein wenig eingekauft, denn wir müssen doch schließlich auch etwas essen, denn von Liebe allein ist noch niemand am Leben geblieben, geschweige denn auf einen grünen Zweig gekommen. Der Boy, der die Sachen bringt, wird gleich hier sein.«

Erwin war sprachlos. Da ging diese schlanke, verwöhnte Frau, der er wohl Sinn für Tanz, Toiletten und großzügige Geschäfte, niemals aber für Hausfrauenpflichten zugetraut hätte, mir nichts dir nichts hin und kaufte ein! Und nun, wahrhaftig, nun deckte sie noch den Tisch und setzte einen Topf mit Wasser auf die Flamme seines nicht mehr ganz blanken Patentgaskochers! Das alles hätte er nicht für möglich gehalten.

Nach einer Weile erschien der Boy. Das heißt, es war nicht ein Boy, sondern ihrer drei. Und jeder brach fast unter der Last seiner Bürde zusammen! Das nannte Ivonne »ein wenig einkaufen!« Im Handumdrehen glich das Zimmer dem Proviantdepot einer Expedition.

Aber Ivonne lachte. »Das verstehst du nicht,« sagte sie fröhlich und schob ihn zur Tür hinaus, »Du kommst nicht eher herein, bis ich dich rufe und alles gerichtet habe, heute wird Verlobung gefeiert!«

Als Erwin gerade dabei war, die einzige Nummer des »Petit Parisien«, die er in seinem Schlafgemach gefunden hatte, zum viertenmal zu lesen, schrillte nebenan das Telephon.

Ein halbverhungerter Tiger hätte sich nicht beutegieriger auf eine ahnungslose Gazelle stürzen können als Erwin nun auf den Apparat. – Tatsächlich, es war Massot aus Lyon.

»Monsieur Gerardi ...?«

»Ja gewiß ...?!«

»Monsieur Gerardi! – Spanetti hat noch nichts von sich hören lassen! Ich bin untröstlich! Was wollen wir tun?«

Ja, was sollte man tun? Auch Erwin Gerardi stand der Verstand still. Am meisten ärgerte es ihn, daß ein ganzer Tag verloren war, und man nur noch vier hatte. Die Chancen standen schlecht, sehr schlecht sogar.

Was sollte man tun?!

Ivonne hatte mitgehört. »Ich habe eine Idee!« sagte sie plötzlich so laut, daß Massot ihre Worte drüben in Lyon aus seinem Mikrophon hörte.

»Wie ist die Idee?« schrie er, Hoffnung fassend, zurück.

»Ja, Ivonne, wie ist die Idee?« fragte auch Erwin, dem es schließlich billigerweise zukam, zuerst zu vernehmen, worum es sich handeln sollte.

»Ich fahre nach Mailand!« sagte Ivonne.

»Jetzt?«

»Ja, jetzt! – Um 10.12 Uhr geht das Flugzeug. Das werde ich benutzen und kann dann Herrn Spanetti persönlich auf die Bude rücken!«

Massot hatte wieder alles gehört. Er jubelte förmlich, »Herrlich, herrlich! – Legen Sie Ihrer ...«

»...Braut vorläufig!«

»...also Ihrem Fräulein Braut meine herzlichsten Glückwünsche zu Füßen. Ich bin davon überzeugt, daß ihr Vorhaben vom schönsten Erfolge gekrönt sein wird. Einer so reizenden Frau wird selbst der alte Spanetti nicht widerstehen können!«

»Wir danken. Wer zuerst Nachricht hat, läutet den anderen an. *Au revoir!*«

»*Au revoir!*«

Als sich dieses denkwürdige Gespräch vollzog, war die Uhr acht. Die beiden Jungverlobten hatten also reichlich anderthalb Stunden Zeit.

Was läßt sich mit anderthalb Stunden nicht alles anfangen, wenn man hungrig, unternehmungslustig und vor allem verliebt ist!

Nichts fehlte auf der Tafel, die Ivonne mit Raffinement gedeckt hatte. Schön war das Leben, traumhaft schön! Voll tausend Möglichkeiten und voll lockender Reize! Wie im Fluge verging die Zeit.

Zehn Minuten vor Zehn erhob sich Ivonne und schlüpfte in ihren Mantel. Das Auto hupte ununterbrochen. Fort ging's zum Flugplatz.

Fahrkarten, Paßkontrolle, Einsteigen. Alles in beschleunigtem Tempo!

Dumpf klappten die Türen. Ein mahlendes Schüttern durchlief den Leib des stahlglänzenden Vogels und wuchs zu hellem, schmetterndem Singen an. Leicht und graziös erhob sich das Flugschiff und segelte in östlicher Richtung unter dem dunkelblauen, sternenübersäten Himmel davon.

*

Wenige Stunden später.

Das Lichtmeer von Mailand kam näher, hob sich förmlich den hinabschauenden Passagieren entgegen, wie eine riesige niedergebrannte Feuerstätte, in der noch allenthalben Funken und Kohlen glühen.

Der Motor setzte aus. Pfeifende Luft rauschte an den Fenstern vorüber. Dicht über den Dächern von ein paar niedrigen, langen Bretterschuppen strich das Fahrzeug hin. Im nächsten Augenblick berührten die Räder den Boden, holperten über eine kleine Unebenheit und standen. Menschengewühl, Autos, im Winde schaukelnde Bogenlampen. Während Ivonne sich im Stationsgebäude schön macht, bemüht sich ein Boy, telephonisch den Aufenthalt des Herrn Spanetti festzustellen. Im Bureau war er nicht. Zu Hause auch nicht.

»Der Herr Direktor pflegt nicht so früh heimzukehren...« erklärte eine Bedienstenstimme verschlafen.

»Vielleicht wissen Sie, wo er sich um diese Stunde gewöhnlich aufzuhalten pflegt?«

»Wo? Ja, das kommt darauf an. Was haben wir heute ...was hatten wir gestern vielmehr für einen Tag...?«

»Donnerstag!«

»Donnerstag ...Donnerstag ...Einen Augenblick, bitte ...Ich hab's! Ich könnte meinen Kopf verwetten, er sitzt in der Alhambra!«

»Alhambra? Schönen Dank. Ich werde anläuten.«

»Alhambra? Herr Direktor Spanetti bei Ihnen?«

»Der dicke Spanetti von der Seidenkonfektion? – Moment! – Ober! ...Ist der dicke Spanetti noch da?«

Knistern, Stimmengeräusch, Musikfetzen, Tellergeklapper. Dann herandröhnende Schritte, wie kleine Kanonenschüsse...

»Halloooo ...Flugplatz?«

»Jaa...?«

»Spanetti ist bei uns!«

»Ausgezeichnet!«

Schön wie eine Venus betrat Ivonne Martinet das Vestibül der Alhambra. Sie wußte, wie eine Frau sich zu benehmen hatte, um Eindruck zu machen. Der Portier, der Geschäftsführer, die Ober – alle erstarben in Verbeugungen.

»Eine Diva...!« ging es flüstern von Mund zu Mund. »Eine französische Diva!«

Obgleich niemand Ivonnes Namen kannte, wußte, noch ehe sie sich den schwarzseidenen Mantel hatte von den Schultern nehmen lassen, die ganze Reihe der Stammgäste, daß irgendein fabelhafter Star das Lokal beehren würde.

Zu diesen Stammgästen gehörte natürlich auch Spanetti!

Und auch er war natürlich, gleich anderen, gespannt wie ein Regenschirm.

Ivonne durchschwebte einige Säle, begab sich in die Haupthalle und nahm in einer Loge Platz, die für sie freigemacht wurde. Dann ließ sie sich vom Ober zeigen, wo Herr Spanetti saß.

»Der dicke rote Mensch mit der großen Chrysantheme und der noch größeren Glatze?! Wenn es weiter nichts ist! Überbringen Sie ihm dieses Billett!«

»Herr Direktor ...von der französischen Diva...!«

»Für mich?«

»Sehr wohl...«

Spanetti las. Es dauerte eine kleine Weile, bis er erfaßte, worum es ging.

»Lieber Direktor! (»Lieber« – entzückend!)

Würden Sie die Güte haben und mir auf zehn Minuten Ihre schätzenswerte (kolossal!) ... Ihre schätzenswerte Gesellschaft (herrlich, herrlich, ausgezeichnet! er, Spanetti! Da würden sich die anderen Stammgäste giften!) ...Ihre schätzenswerte Gesellschaft gönnen. Ich habe etwas Wichtiges (etwas Wichtiges? – Na, das kannte man. Er fühlte nach dem Scheckbuch. Es war da ...) Ich habe etwas Wichtiges mit Ihnen zu besprechen.

Ihre (Ihre!!!!)

Ivonne Martinet.«

Nie hatte man Herrn Spanetti so schnell aufspringen sehen. Wie ein kleiner, roter, geölter Blitz durchkullerte er die ansehnliche Breite des Saales und langte schließlich schnaufend in Ivonnes Loge an.

»Ist es erlaubt...?«

»Es ist erlaubt.«

»Spanetti ist mein Name! ...Direktor Spanetti...«

»Nehmen Sie Platz. Ich bin die bekannte Tänzerin Ivonne Martinet, von der Sie gewiß gehört oder gelesen ...oder die Sie bereits bewundert haben...«

»Selbstverständlich ...habe ich ...! Wer kennt Sie nicht, meine Gnädigste ...Sie ...Sie sind ja so berühmt!«

»Sie beschämen mich durch Ihre Komplimente, lieber Direktor ...Die Hauptsache: Sie wissen, wer ich bin...!«

»Aber ...meine Gnädigste! Wie sollte ich nicht! Sogleich als Sie eintraten, sagte ich zu meinen Freunden ...Donnerwetter! sagte ich ...das ist doch ...das ist doch...«

»die Martinet!«

»Jawohl ...die große Martinet! Hab' ich gesagt. Sie müssen nämlich wissen, ich bin der einzige Mensch, der sich hier in Mailand auf Kunst und Künstler versteht und der...«

»...hoffentlich auch für die schwere Lage der Künstler ein warmes Verstehen hat...!?«

Ivonne sah ihn an. Ernst und tieftraurig. Wenn Sie wollte, konnte sie Augen machen, daß einem neunfachen Mörder das Herz weich werden mußte.

Spanetti war gerührt. »Sie nehmen mir die Worte vom Munde weg, meine Gnädigste! Oh, wie ich die armen Künstler bedaure. Die Rastlosigkeit ihres Lebens, die Unsicherheit ihrer Existenz, heute oben, morgen unten! Ah, ich kenn' das alles aus dem Effeff! Ich habe das Künstlerleben förmlich studiert. Aber ich habe auch – ohne zu prahlen – ich habe auch geholfen, wo ich irgend konnte!«

Ivonnes Gesicht klärte sich ein wenig auf. Der Ahnungsschimmer eines Lächelns lief über ihre Züge.

»Ihre letzten Worte machen mir Mut, lieber Direktor. Denn auch ich ...so schwer es mir wird, das zu gestehen, komme mit einer großen Bitte zu Ihnen.«

»Mit einer Bitte?« Spanetti jubelte innerlich. »Sie … Sie, die große Diva? Womit kann ich einfacher, schlichter Mann Ihnen dienen? Befehlen Sie, soweit meine Mittel reichen, steht Ihnen alles zur Verfügung!«

Ivonne antwortete nicht gleich. Sie ließ eine lange Pause eintreten, in der Herr Spanettis Ungeduld und Neugierde ins Ungemessene wuchs. Endlich hatte sie die Güte hinzuhauchen:

»Lieber Direktor! Es liegt in Ihrer Macht, mich zu einer sehr reichen Frau zu machen …«

Das war selbst für den dicken Spanetti etwas zu viel. Entweder war diese Frau sehr naiv oder grenzenlos gerissen.

»Wie meinen Sie das?« fragte er beklommen.

»Nennen Sie die Firma Doufrais?«

»In Marseille? Aber natürlich. Sie ist meine älteste Lieferantin!«

»Was würden Sie dazu sagen, wenn ich die Firma übernähme?«

»Sie? Ich würde meine Aufträge verdoppeln!«

»Sie sind sehr liebenswürdig, Direktor … allein …«

»Allein …?«

»Es hängt von Ihnen ab, ob ich die Firma bekomme.«

»Inwiefern?« Spanetti war es, als ginge ihm ein Mühlrad im Kopfe herum, was er auf den verderblichen Einfluß übertriebenen Sektgenusses schob.

»Sie können den alten Doufrais zwingen, seine Werke zu verkaufen!«

»Ich …?«

»Ja, Sie! – – Natürlich, wer sonst. Einfach dadurch, daß Sie nicht mehr bei ihm bestellen!« – (Himmel! hatte der Mann eine lange Leitung!)

Nun ging Spanetti endlich ein Licht auf!

»Sie wollen Doufrais, wenn ihm das Wasser bis an den Mund steigt, den ganzen Ramsch für ein billiges Geld abkaufen …?!«

»Ich bewundere Ihren Scharfsinn, lieber Direktor!«

»Sie sind es auch, die hinter der Offerte aus Lyon steht, die ich heute morgen bekam und in Rücksicht auf Doufrais ablehnen wollte?«

»Natürlich!«

»Aha …!«

Spanetti lehnte sich zurück und dachte nach. Die Sache war gar nicht so übel. Erstens hatte Lyon viel billiger angeboten als Doufrais, zweitens leistete er dieser schönen Frau einen Dienst … und drittens … drittens … na, das würde sich wohl allmählich von selbst machen! Es gab doch so was wie – Dankbarkeit …!

Ivonne erriet seine Gedankengänge und kam ihm entgegen.

»Ich brauche wohl nicht zu betonen,« sagte sie, »daß ich hoffe, sobald die Werke in meiner Hand sind, Sie wieder zu den regelmäßigen Kunden der ehemaligen Firma Doufrais zählen zu dürfen, ja, ich nehme sogar an, daß sich dann unsere Beziehungen möglichst eng und freundschaftlich gestalten werden.«

Spanetti war ein erklärter Feind der Ehe gewesen. In diesem Augenblick aber schlug er alle guten Vorsätze in den Wind. Allerdings waren nicht alle Frauen so schön wie die Martinet, die ihm obendrein noch für die Zukunft und im Falle seines geschäftlichen Entgegenkommens die schönsten Hoffnungen machte.

War es nicht Hirnverbranntheit, zurückzuzoppen, wenn einem das große Los so greifbar vor die Nase gehalten wurde?!

»Wollen Sie mir helfen …?« erklang da die Stimme der Frau. Bittend klang sie und weich.

Spanetti zögerte nicht länger. »Ja,« sagte er, »ich will …!«

Sie reichte ihm strahlend die Hand. Eine wunderschöne, duftende, ringgeschmückte Hand. Er durfte sie sogar küssen! Oh, er hätte für diesen Kuß noch mehr gegeben als seine Zustimmung zur Vernichtung Doufrais.

»Ich danke Ihnen …« flüsterte Ivonne. »Ich danke Ihnen von ganzem Herzen. Ich werde Ihnen das nie vergessen.«

Schweigend und bewegt tranken sie ihre Gläser aus. Die Gäste brachen auf.

Auch Spanetti bezahlte seufzend.

»Mein Flugzeug geht nach einer halben Stunde. Wollen Sie mich zum Flugplatz begleiten?« fragte Ivonne.

Er wollte. Natürlich. Sein Wagen stand ja vor der Tür.

Bevor sie sich verabschiedeten, nahm ihm Ivonne das Versprechen ab, sofort ein Telegramm an Massot abzusenden, daß er die Offerte des mittelfranzösischen Seidentrusts akzeptiere.

Kapitel 4
Gewonnenes Spiel

Francois Doufrais, der alleinige Inhaber der Seidenwerke Doufrais in Marseille, saß im Stadtkontor seiner Firma und starrte entgeistert in eine Depesche, die vor einer halben Stunde aus Mailand eingelaufen war.

»Sämtliche Lieferungen einstellen, da Seide von anderer Firma um zehn Prozent billiger offeriert erhalten.

Spanetti.«

Um zehn Prozent billiger! Das war ja Humbug, Wahnsinn, Unmöglichkeit! Entweder taugte die Ware nichts oder die Lieferanten verloren Tausende.

Er sprang auf und rannte wütend im Zimmer auf und nieder. Zuweilen öffnete sich die Tür zum Nebenraum, wo einige Kontoristen und der Oberbuchhalter arbeiteten, wurde aber sogleich wieder lautlos geschlossen, da die Angestellten es nicht wagten, ihrem erzürnten Chef in dieser kritischen Stunde mit ihren kleinen Anliegen unter die Augen zu treten.

Um halb zwei Uhr endlich trat der Prokurist ein.

Er kam von der Börse und sollte Bericht erstatten. Aber auch sein Gesicht verhieß nichts Gutes.

Ohne ein Wort zu sagen, setzte er sich in einen der ledernen Klubsessel, zog einen Bleistift hervor und begann eilig und mit zusammengezogenen Brauen zu rechnen.

Doufrais lehnte ihm gegenüber am Fenster und beobachtete jede seiner Bewegungen.

»Ich werde schon früh genug erfahren, was er mir zu sagen hat!« dachte er bei sich.

Es dauerte eine Weile bis der Prokurist mit seinen Berechnungen fertig war. Dann steckte er Stift und Block wieder ein und starrte finster vor sich hin.

»Was ist geschehen?« fragte Doufrais nun doch, da ihm das Schweigen auf die Nerven fiel.

Der Prokurist stand auf. Ehrliches Bedauern klang aus seiner Stimme, als er auf seinen Prinzipal zuging und ihm leise sagte:

»Ich glaube, unser Rennen ist verloren…«

»Inwiefern?«

»Die Doufraisschen Seidenindustriepapiere sind von heute früh bis jetzt um ganze 25 Punkte gefallen und drohen bis zum Abend noch tiefer herunterzugehen.«

Doufrais nickte langsam und schwer. Die Folgen des verhängnisvollen Mailänder Telegramms machten sich bemerkbar.

»Wissen Sie, worauf das alles zurückzuführen ist?« fragte er heiser.

»Ich vermute, daß Spanetti mit Lyon große Abschlüsse getätigt hat, denn die Aktien des mittelfranzösischen Trustes haben auffallend angezogen.«

Der mittelfranzösische Trust also!

Das war die Firma, die ihn um zehn Prozent unterboten hatte! Er hätte es sich ja gleich denken müssen, daß seine Konkurrenten seine kritische Lage ausnützen und ihm einen Streich spielen würden. Daß aber auch Spanetti auf dieses Manöver einging!? Er hatte seinen alten Geschäftsfreund doch für zuverlässiger gehalten. Man konnte eben auf niemand mehr bauen!

»Was gedenken Sie zu tun?« fragte der Prokurist.

Was? Ja, …was?

Er wußte es selbst nicht. Seine Guthaben auf den Banken waren sämtlich erschöpft, die nächste große Bareinnahme, mit der er gerechnet hatte, blieb durch die Absage Spanettis aus, und neuen Kredit zu bekommen, war in dieser Zeit der allgemeinen Geldentwertung fast ausgeschlossen.

»Ich weiß nicht…«, sagte er tonlos. »Ich glaube, wir müssen Konkurs erklären. Immerhin will ich noch einmal beim Direktor der Société Générale vorsprechen, vielleicht gewährt mir die Gesellschaft noch einmal eine größere Anleihe …sonst …ja, sonst …ist eben, wie Sie vorhin sehr richtig bemerkten …das Rennen verloren!«

Er nahm Hut und Mantel und schleppte sich hinaus. Der Prokurist sah durch das Fenster, wie er über das Trottoir taumelte und in sein Auto stieg.

Bankrott! Erledigt! Und nur durch das kleine, raffinierte Manöver einer feindlichen Firma, die in ihrer Branche souverän sein wollte und durch den Abfall eines alten Freundes.

Wie leicht, wie schnell so etwas ging! Heute noch bewunderter und beneideter Besitzer mehrerer Autos, zahlreicher Häuser und eines ganz großen Fabrikkomplexes, und morgen schon ein bettelarmer Mann, der in einer dumpfen Mietskaserne wohnen und seine Bekannten um das Fahrgeld für die Straßenbahn anpumpen würde.

So war das Leben! Ein ständiger Wechsel, eine wiegende Schaukel.

Doufrais ließ den Chauffeur vor einem Seiteneingang der Société Générale halten und begab sich, ohne die öffentlichen Geschäftsräume zu berühren, in das Privatbureau des Direktors. Er hatte zwar nicht die geringste Hoffnung, irgend etwas zu erreichen, wollte aber andererseits auch nichts unversucht lassen, um sich nachträglich keine Vorwürfe machen zu müssen.

Nach zehn Minuten ließ der Direktor bitten.

Doufrais trat ein.

Ein Blick auf den breiten, weißhaarigen Mann überzeugte ihn davon, daß er nichts zu erwarten hätte.

Sie schüttelten sich die Hände.

»Ich kann mir denken, weswegen Sie kommen,« begann der Direktor, »und Sie können versichert sein, daß die ganze Geschäftswelt von Marseille Sie bedauert. Aber helfen kann ich Ihnen leider nicht mehr. Ihr Kredit ist heute mittag an allen Banken auf Veranlassung der Behörden gesperrt worden.

Der alte Doufrais erbleichte. Seine Knie begannen zu zittern und ihm wurde so schwindelig, daß er sich setzen mußte.

»Gesperrt von den Behörden? ... Warum ... warum?« – knirschte er.

»Laut amtlichen Feststellungen übertrifft die Gesamtsumme Ihrer Schulden bereits jetzt um eine halbe Million den Wert Ihres unbeweglichen Vermögens. Und andere Sicherheiten könnten Sie doch wohl augenblicklich nicht stellen ...?!«

Doufrais antwortete nicht. Er stützte den Kopf in die Hände und starrte vor sich hin.

Nun war alles zu Ende!

Ein Räuspern des Direktors weckte ihn nach einer Weile aus diesem Zustand dumpfer Verzweiflung. Ohne einen klaren Gedanken fassen zu können, wankte er hinaus, setzte sich in sein Auto und befahl heimzufahren.

Im Bureau hatte er doch nichts mehr zu suchen!

Aber dann, wenige Minuten von seiner Villa entfernt, durchzuckte ihn plötzlich ein Gedanke. Ivonne Martinet!! – War diese Frau nicht vor zwei Tagen bei ihm gewesen und hatte von einem Freunde erzählt, der die Firma kaufen wollte? Und hatte er sie damals, auf Spanetti vertrauend, nicht glatt abgewiesen? – Es war nicht anzunehmen, daß jener Mann seine Wünsche mittlerweile geändert hatte. Wenn es gelang, seiner sofort habhaft und mit ihm über den Verkauf einig zu werden, so waren immerhin Chancen vorhanden, wenn auch nicht gerade glänzend, aber doch mit einem blauen Auge aus dieser gänzlich verfahrenen Affäre herauszukommen.

Also, auf zu Ivonne Martinet!

Er wußte noch ihre Adresse. Gelegentlich eines intimen Künstlerfestes, das sie zu Silvester gegeben hatte, war er bei ihr gewesen. Es war zu hoffen, daß sie noch dort wohnte, wenngleich sie ihr Domizil oft wechselte. Durch das Sprachrohr rief er dem Chauffeur das neue Ziel zu.

Erstaunt sah der Mann am Steuer sich um. Die Stimme seines Prinzipals klang plötzlich so fest und bestimmt wie früher.

Als der alte Doufrais schellte, lag Ivonne Martinet auf ihrer Chaiselongue, die mit einem echten Tigerfell und ungezählten, sehr farbenfreudigen Kissen bedeckt war und ließ sich von einem jungen Künstler die raffiniert manikürten Fingernägel mit winzigen Miniaturbildchen bemalen. Dieser Scherz kostete ein horrendes Geld, war aber hochmodern und daher notwendig.

Ohne sich stören zu lassen, reichte sie dem Eintretenden die linke Hand hin, die bereits fertig war, und wies dann auf einen Sessel an ihrer Seite.

»Nehmen Sie Platz, alter Freund! – Nett von Ihnen, daß Sie sich noch meiner erinnern. – Trinken Sie Hennessy oder Chartreuse…?«

»Wenn es schon sein muß – dann Hennessy!«

»Ja, es muß sein! – Ich habe es mir einmal zum Prinzip gemacht, keinen Gast ungetränkt hinauszulassen. – Annette! Eine Karaffe Hennessy und drei Gläser!«

Man trank und unterhielt sich über gleichgültige Dinge. Das heißt, eigentlich wurde diese ganze Unterhaltung von Ivonne bestritten, die hunderterlei bunt durcheinander erzählte und zufrieden war, wenn einer der Herren nur hie und da einen verwunderten oder zustimmenden Einwurf machte.

Nach einer halben Stunde war auch die rechte Hand fertig und der Maler empfahl sich. Doufrais atmete auf, denn er hatte wie auf Kohlen gesessen.

Kaum war der junge Mann zur Tür hinaus, so begann er.

»Ivonne, Sie werden sich erinnern, daß Sie vor zwei Tagen die Güte hatten, mir einen Besuch abzustatten…«

»…bei dem Sie so ungalant waren, mir ein Geschäft zu verderben, in dessen Verlauf ich mindestens hunderttausend Franken hätte verdienen können! – Jawohl, ich erinnere mich!«

»Was würden Sie sagen, wenn ich nun zu Ihnen gekommen bin, um Ihnen mitzuteilen, daß ich mir die Sache überlegt habe und bereit bin, mit dem betreffenden Käufer in Verhandlungen zu treten?«

»Was ich sagen würde? – Nun, daß es mir leid tut, da es höchstwahrscheinlich bereits zu spät ist. Soviel ich weiß, hat Herr Gerardi schon seit gestern ein anderes Objekt an der Hand…«

»…aber jedenfalls noch nicht gekauft?«

»Kann ich Ihnen wirklich nicht sagen, lieber Doufrais! – wenn ich Herrn Gerardi treffe, werde ich ihn fragen. Sollte er noch Interesse haben, dann kann er sich mit Ihnen in Verbindung setzen. Im übrigen hat die Sache ja wohl Zeit…«

Doufrais wurde sehr unbehaglich zu Mut. – Diese Frau hatte eine Lässigkeit bei der Behandlung geschäftlicher Dinge, die einen zur Verzweiflung bringen konnte. Er durfte doch unmöglich sagen, daß er pleite war, daß er sofort verkaufen mußte, bevor noch die Meute der Gläubiger sich auf ihn stürzte! Das hieß doch einfach von vornherein alle Waffen aus der Hand geben.

Ivonne wußte genau, in welcher Klemme ihr Gast steckte, und wenn er ein besserer Beobachter gewesen wäre, hätte er des öfteren bemerken können, wie kalte, triumphierende Blitze in ihren schwarzen Augen aufsprühten, während sie sich mit ihm unterhielt. Diesen Mann hatte sie so weit, wie ihn Erwin brauchte.

Sie ließ ihn noch eine Weile zappeln und sagte dann leichthin:

»Übrigens, falls Ihnen daran liegt, die Sache schnell zur Entscheidung zu bringen – so oder so – dann würde ich Ihnen raten, heute mit mir im Maison Doree zu dinieren. Herr Gerardi pflegt dieses Lokal ebenfalls des öfteren aufzusuchen.«

Ein Zentnergewicht fiel von der Seele dieses unglücklichen Doufrais. Noch hatte er Chancen!

Nach einer halben Stunde machten sie sich auf den Weg. – Ivonne hatte nicht verfehlt, noch heimlich Erwin Gerardi anzutelephonieren und ihn von Doufrais' Anwesenheit zu verständigen. Gleichzeitig verabredeten sie sich, während der Verhandlung »Sie« zueinander zu sagen und möglichst fremd zu tun, damit Doufrais nicht Verdacht schöpfte, einem abgekarteten Spiel gegenüberzustehen.

Alles verlief programmäßig.

Bald nachdem Ivonne und Doufrais einen ungestörten Ecktisch belegt hatten, erschien Erwin Gerardi, tat sehr erstaunt, Ivonne anzutreffen und noch erstaunter, Doufrais vorgestellt zu werden. Ohne sich vorläufig in irgendeiner Weise über das Geschäft zu äußern, machte man sich daran, der reichhaltigen Speisenfolge des Menüs gerecht zu werden, wobei es auffiel, daß Herr Doufrais sehr wenig aß.

Erst als die Herren ihre Havannas und sie selbst eine Zigarette in Brand gesteckt hatte, lenkte Ivonne das Gespräch nach und nach auf das Thema, um deswillen man sich eigentlich versammelt hatte.

»Herr Doufrais hat sich die Sache überlegt und will verkaufen…« sagte sie schließlich.

Erwin blieb ungerührt und paffte mit der Virtuosität eines routinierten Rauchers kunstvolle Ringe in die Luft.

»Wie teuer…?« geruhte er endlich zu bemerken.

Doufrais nannte eine Summe. – Sie war gewiß nicht zu hoch gegriffen, entlockte aber Erwin nur ein abweisendes, etwas höhnisches Lächeln.

»Niemals, Herr … Ich habe gestern ein Angebot erhalten, das um hundert Prozent günstiger ist als das Ihre. Und ich kann Sie versichern, daß ich unter diesen Umständen nicht zögern werde, noch im Laufe des heutigen Nachmittags dort abzuschließen.«

Doufrais ging innerlich weinend erst um eine halbe und dann um eine ganze Million herunter. Aber Erwin blieb hart. Als er sah, daß sich die Verhandlungen unnötig in die Länge zu ziehen drohten, woran ihm aus naheliegenden Gründen ebenfalls nichts gelegen war, ging er kurz und bündig aufs Ganze.

»Herr Doufrais,« sagte er sachlich. »Es hat keinen Zweck, daß wir hier Blindekuh miteinander spielen. Ich weiß positiv, daß Sie vor der Pleite stehen oder vielmehr schon pleite sind und daher verkaufen müssen! Ich biete Ihnen für Ihren gesamten Besitz zehn Millionen Franken und übernehme außerdem die Hälfte Ihrer Verpflichtungen. – Drei Millionen Franken erhalten Sie morgen früh als Anzahlung auf Ihr Konto an der Société Générale überwiesen und die restlichen sieben Millionen werden im Laufe der nächsten drei Monate bezahlt. Ist Ihnen das recht?«

»Geben Sie mir wenigstens zwölf Millionen!« bettelte Doufrais verzweifelt. »Sie erhalten ja auch dann die Werke halb geschenkt!«

»Keinen Sou mehr als ich sagte. – Und dann noch eine Bedingung. Sie stellen nach Eingang der Anzahlung ein Papier aus, daß ich ab morgen der alleinige Besitzer Ihres ehemaligen Terrains bin und damit tun und lassen kann, was ich will. – Ich gebe Ihnen zwanzig Minuten Zeit, meine Vorschläge zu überdenken und einen endgültigen Entschluß zu fassen!«

Doufrais stand auf und ging hinaus.

Zwanzig Minuten Zeit! – Gab es denn niemand auf der Welt, der ihn durch ein Darlehen retten konnte? Drüben im Casino de Paris saßen allabendlich dutzendweise steinreiche Leute, die im Laufe weniger Stunden Riesenkapitalien verschleuderten! Nur drei, vier dieser Millionen besitzen und man konnte sich wieder herausrappeln, konnte neu anfangen, brauchte nicht als verachteter und bestenfalls bemitleideter Bankrotter von Haus und Hof zu gehen.

Die zwanzig Minuten verstrichen, aber kein rettender Engel tauchte auf.

Schweren Herzens kehrte er um, ging zurück in das Restaurant und unterschrieb stumm den Vorvertrag, den Erwin Gerardi ihm hinschob.

Dabei war ihm zumute wie einem zum Tode Verurteilten!

Erwin Gerardi und Ivonne Martinet aber triumphierten! Nun waren sie Sieger!

Kapitel 5
Der schwarze Koffer

»Ivonne ...!?«

Schweigen, keine Antwort.

»Liebe ... Ivonne ...!?«

Dasselbe Ergebnis.

»Meine liebe, süße, kleine Herzensblume ...! Willst du nicht etwas aufmachen?«

»Nein. Ich will nicht. Überhaupt laß mich zufrieden. Ich will nichts mehr von dir wissen. Du bist ein ganz böser, schlimmer, grausamer Mann ... mmm ... mmm ... ja, das bist du!«

»Aber Ivonne, sei doch vernünftig! – Schließ wenigstens die Tür auf ...!?«

Erwin mußte eine Weile warten, dann aber knackte leise, ganz leise der Schlüssel.

Er sprang hinzu, und die Tür gab nach.

Als er eintrat, saß Ivonne in einem Sessel am Fenster, dessen Portieren zugezogen waren, rauchte eine Zigarette und würdigte ihn keines Blickes. Er wollte ihr einen Kuß geben, aber sie stieß ihn zurück.

»Laß das bitte, ja ...! Ich wünsche nicht von einem Manne geküßt zu werden, der außer mir noch mit zehn anderen ...«

Sie kam nicht dazu, weiterzusprechen, denn Erwin begann so laut und herzlich zu lachen, daß sie gezwungen war, erstaunt aufzusehen und dann ihre Tränen abzuwischen.

»Was ist denn los?« fragte sie schließlich kopfschüttelnd, als er gar nicht aufhören wollte.

»Was los ist? – Und das fragst du noch?! – Daß du eine ganz dumme, eifersüchtige, kleine Frau bist, das ist los, die aus der winzigsten Mücke den allergrößten Elefanten zu machen vermag...«

»Ja, aber ... hast du heute nachmittag nicht im Piccadilly mit einer blonden, schlanken Dame zusammengesessen und Cherry getrunken?«

»Gewiß, habe ich das...«

»Und dich auf das liebenswürdigste, also schon ganz auffallend liebenswürdig mit ihr unterhalten ...?«

»Auch das gebe ich zu!«

»Und hast du ihr beim Abschied nicht einmal, sondern zweimal ... hörst du wohl: zweimal hintereinander die Hand geküßt, wobei ihr euch tief und lange in die Augen saht?«

»Alles stimmt!«

»Und trotzdem kannst du lachen und mich verspotten wenn ich traurig, nein verzweifelt bin, wenn ich ...«

Sie fing wieder an zu weinen.

Erwin hörte die Sache eine Weile an, nahm dann die noch glimmende Zigarette Ivonnes vom Aschenbecher und begann, vergnügt im Zimmer auf und nieder wandernd, zu rauchen.

»Bitte, lauf nicht so hin und her. Es macht mich nervös!«

Er setzte sich und pfiff den neuesten Charleston.

»Pfeif nicht! Es ist unmanierlich, im Zimmer zu pfeifen!«

Nun wurde ihm die Angelegenheit aber doch zu bunt. – Er sprang auf, nahm sie in beide Arme, schwenkte sie mehrmals durch die Luft und setzte sie dann zu sich auf die Knie.

»Also allen Ernstes, Liebling ... Du bist eifersüchtig auf jene Frau?«

Stummes, aber sehr energisches Kopfnicken.

»Schön. – Ich hoffe, du wirst dich eines anderen besinnen, wenn du erfährst, wer jene Frau ist. – Jene Frau ist...«

»... aber nicht flunkern!«

»Bewahre! – habe ich dich jemals nachweislich beflunkert? – Also jene Frau ist – die Frau eines andern!«

»Pfuiii!«

»Wieso pfuii!« – Was ist daran entsetzlich? – Jene Frau ist die Frau des Eisenbahningenieurs Courton und hat mir...«

»…mit mir, wolltest du sagen…«

»Nein, das wollte ich nicht sagen! – Sondern sie hat mir gestern im Auftrage ihres Mannes mitgeteilt, daß …Na, rate mal!«

»Ach, laß mich zufrieden mit deinen Mätzchen! Du hast mich ja doch nur zum besten!«

»Gut. Ich werde dich zufrieden lassen. Überhaupt ich werde jetzt fortgehen und mir jemand anderen suchen, dem ich erzählen kann…«

»Was?«

»Was mir Madame Courton mitgeteilt hat!«

»Also jetzt bist du direkt schlecht, Eri! – Du willst einem anderen …Ich habe gesagt, daß du mich nicht mehr liebst…!«

»Still! Keine Tränen mehr! – Ich kapituliere! – Frau Courton hat mir im Auftrage ihres Mannes mitgeteilt, daß die Eisenbahnverwaltung –«

»Eri…???«

»…daß die Eisenbahnverwaltung für den Ankauf des ehemaligen Doufraisschen Terrains sechzig Millionen Franken bewilligt hat!«

Einen Augenblick blieb er ganz still in dem Zimmer. So still, daß nichts als die Geräusche von der Straße und das emsige Ticken eines Holzwurmes hörbar waren. Dann endlich sagte Ivonne leise:

»Liebster …dann sind wir ja reich …sooo furchtbar reich!«

»Tja, das läßt sich wohl nicht länger verheimlichen! Und du wirst nun hoffentlich auch einsehen, daß man der Überbringerin einer solchen, na sagen wir, gelinde ausgedrückt, recht angenehmen Botschaft auch ohne Überanstrengung und ohne sich des Ehebruchs oder der Untreue schuldig zu machen, zweimal hintereinander die Hand küssen kann!«

Ivonne stand auf. Sie wußte eigentlich gar nicht, was sie nun denken, tun oder sprechen sollte, so benommen war ihr der Kopf von der Nachricht.

Sechzig Millionen Franken!

Das übertraf alle Erwartungen! Nun konnte sie sich ja eigentlich jeden Wunsch leisten, den sie überhaupt im Leben gehegt hatte. Sie dachte nach, was brauchte sie? – Und seltsam, in diesem Augenblick fiel ihr nichts, aber auch rein nichts ein. So lange ihr das Geld nur in beschränktem Maße zur Verfügung gestanden hatte, war kein Tag vergangen, ohne irgendeine kleine oder große Forderung aufs Tapet zu bringen, und nun, da sie aus dem Vollen schöpfen durfte, war alles vergessen.

Ob Erwin ein Haus bauen lassen würde?

Die Doufraissche Privatvilla am Prado, in die sie sofort nach notarieller Bestätigung des Kaufvertrages gezogen waren, hatte sowohl der Lage als auch der Ausstattung nach so viele Vorzüge und war ihr in den wenigen Tagen, die sie darin wohnte, so lieb geworden, daß sie es nicht hoffte.

Und sonst…?

Da fiel es ihr plötzlich ein, daß Erwin versprochen hatte, an dem Tage, wo die Eisenbahnverwaltung ihre Zustimmung zu seiner Forderung geben würde, den Schleier des Geheimnisses zu lüften und ihr zu erzählen, wie er zu den ersten fünf Millionen gekommen sei. Heute mußte er es tun, und zwar sofort.

Erwin war nicht sehr erbaut, als sie ihm ihre Forderung vortrug. Irgendein seltsam warnendes Gefühl hatte ihn bisher daran gehindert, das geheimnisvolle Erlebnis mit dem Inder irgend jemand preiszugeben und ihn veranlaßt, die Eröffnung bis heute aufzuschieben. Aber nun, wo alles so erstaunlich gut gegangen war, und das Geld des Inders ihm so reiche Zinsen gebracht hatte, wie er es selbst nie zu hoffen wagte, nun bestand ja eigentlich keine Veranlassung mehr, den Ursprung dieses großen Glückes länger verborgen zu halten.

Er erzählte.

Alles von Anfang an. Atemlos lauschte ihm Ivonne. Von den Kaschemmen, in denen ihn der Spielteufel zum erstenmal gepackt hatte, berichtete er, von den Nächten im Café de Paris und schließlich von jener Stunde, da ihm Sanjo Afru zum erstenmal gegenübertrat. Alle Phasen des furchtbar aufregenden Zweikampfes um die Palme des Glückes ließ er wieder erstehen, schilderte seine eigenen Zukunftsphantasien und schließlich die grenzenlose Verzweiflung, die ihn überkam, als er alles verloren sah.

Dann jene seltsame Begegnung mit dem Inder an der Brüstung der Parkmauer, das Aufklatschen der Waffe unten im Meer, die Rückgabe des Portefeuilles, der Fünfmillionenscheck und schließlich die Vereinbarung, den Puppenkoffer in Verwahrung zu nehmen...

»...Am Samstag über eine Woche sollte er...«

Ivonne fuhr auf.

»Heute...?«

»Ja, heute!«

Erwin Gerardi sah nach der Uhr. Es war sechs. In etwa zwei Stunden mußte – falls der Inder Wort hielt – das mysteriöse Gepäckstück ankommen.

Seltsam, daß dieses Bewußtsein ihnen beide plötzlich völlig die gute Laune verdarb, in die sie die Courtonsche Nachricht versetzt hatte. Sie hatten – ohne es sich gegenseitig einzugestehen – das Gefühl, durch die Aufbewahrung des Koffers entweder etwas Unerlaubtes zu fördern oder doch mit Dingen in Berührung zu kommen, die irgendein düsteres Geheimnis bargen.

Um halb acht – die anderthalb Stunden bis zu diesem Zeitpunkt erschienen ihnen endlos – hielt eine dunkelblaue, geschlossene Limousine vor dem Gartengitter der ehemals Doufraisschen Villa und fuhr, nachdem das Tor geöffnet war, in den Hof ein.

Erwin selbst ging hinunter, um die Ankömmlinge zu empfangen. Es waren vier braune, hochgewachsene Burschen, die sich stumm vor ihm verneigten, ihm einen dicken, versiegelten Brief übergaben und sich dann daran machten, einen riesigen schwarzen Koffer aus dem Innern des Wagens zu heben und in das von Erwin bestimmte Zimmer zu transportieren.

Nachdem dies geschehen war, verschwanden sie lautlos, schwangen sich in ihr Auto und brausten davon.

Erwin steckte den Brief in die Tasche und betrachtete den Koffer. Er hatte den Umfang eines mittelgroßen Kleiderschrankes, besaß an der einen Seite eine Tür, die mit einem überaus kunstvollen Schloß indischen Ursprungs versehen war und wurde durch einen Überzug aus sehr dickem, schwerem Leder geschützt. An einigen Stellen befanden sich mehrere dicht nebeneinanderliegende Öffnungen, die scheinbar in das Innere des Behälters führten.

Erwin schaute und schaute. Es war ihm, als müsse er irgend etwas an diesem Koffer finden, irgend etwas, das ihn auf eine bestimmte Spur führen könne, von deren weiterem Verlauf oder gar Ziel er sich allerdings nicht den geringsten Begriff zu gestalten vermochte. Mehreremal wollte er fortgehen, aber ebensooft zog ihn eine unheimliche, unwiderstehliche Macht zu dem Kasten zurück und veranlaßte ihn, wieder und wieder nach den verdächtigen Merkmalen zu suchen.

Plötzlich stand Ivonne neben ihm.

Er hatte nicht gehört, wie sie eingetreten war und fuhr förmlich wie ein ertappter Verbrecher zusammen, als er so unerwartet ihrer gewahr wurde.

»Was suchst du an dem Koffer?« fragte sie.

»Ich? – Nichts, nichts. – Ich betrachte ihn bloß. Es ist eine höchst interessante indische Arbeit...!«

Ivonne stand dicht neben ihm. Sie packte seinen Arm und er fühlte, daß ihre Hand zitterte.

»Das ist nicht wahr...,« flüsterte sie heiser und angstvoll. »Das ist nicht wahr! Irgend etwas anderes zwingt dich, ihn immer wieder zu betrachten, irgend etwas...Ich beobachte dich schon eine ganze Weile!«

Erwin konnte nichts antworten.

Er wußte, daß die Frau dasselbe empfand wie er, und dieses Bewußtsein steigerte noch die Unruhe, die ihn überkommen hatte.

»Komm!« rief Ivonne plötzlich und unvermittelt. »Komm! Es graut mir! In diesem Koffer ist irgend etwas Gräßliches verborgen! Mir ist zumute, als ständen wir vor einem Sarge, in dem die Menschen lebendig begraben werden!«

Sie zerrte ihn hinaus.

Als er oben in seinem traulichen Schreibzimmer angelangt war, fiel ihm wieder der Brief ein. Er machte sich daran, ihn zu öffnen. Das war nicht einfach, denn das Papier erwies sich so zäh wie dünnes Leder.

Schließlich hielt er das eigentliche Schreiben in der Hand. Es war von Sanjo Afru und trug links in der Ecke das eingepreßte Wappen des Maharadscha von Sukentala.

Sanjo schrieb:

>>Hochwerter Sahib!

Es ist Samstag und ich halte Wort, wie ich das gleiche auch von Ihnen glaube. – Ich habe meinem erlauchten Herrscher mitgeteilt, daß seine geliebten Sammelobjekte in Ihrem Hause den letzten, sicheren Ruheplatz haben, bevor sie die Reise über das große Wasser antreten und er hat mich daraufhin beauftragt, Ihnen einen Ring von großer Kostbarkeit und seltsamer Bewandtnis als Dankgeschenk zu übergeben. Ich hoffe, daß es Sahib nicht unangenehm sein wird, wenn ich ihn in dieser Angelegenheit heute um die Zeit des europäischen Nachtmahles besuche.

Sahibs untertänigster Diener

Sanjo Afru.<<

Das fehlte noch gerade!

Erwin sprang wütend auf und schleuderte den Brief in eine Ecke. Nicht genug, daß dieser unsympathische Koffer bei ihm abgeladen wurde, auch sein Besitzer meldete sich noch an, um ihn einen >>Ring von großer Kostbarkeit und seltener Bewandtnis<< zu übergeben. Schließlich lebte man weder in einer Zeit der Hexenverbrennungen noch in Jahren, da die Märchen von Tausendundeiner Nacht erstanden, sondern im zwanzigsten Jahrhundert, der nüchternsten und aller Romantik am entferntesten liegenden Epoche.

Warum also dieser ganze lächerliche Tamtam, für den er nicht das geringste Verständnis aufbrachte?

Immerhin vor der Tür konnte er den Mann doch eigentlich nicht stehen lassen. Fünf Millionen waren kein Pappenstiel, und im Grunde genommen verdankte er ihm doch schließlich seine finanziellen Erfolge.

Also gute Miene zum verdächtigen Spiel machen, Ivonne instruieren und im übrigen der Dinge harren, die da kommen würden.

Kapitel 6

Sanjo Afru trat ein.

Keiner konnte begreifen, wie er in das Haus gekommen war. Allem Anschein nach hatte man die Flurtüren und das Gartentor zu schließen vergessen, als die blaue Limousine fortfuhr, obgleich die Dienerschaft und der Hausknecht das Gegenteil behaupteten.

Jedenfalls, er war da!

Ivonne beschäftigte sich gerade mit den letzten Anordnungen am Teetisch und Erwin rauchte gedankenversunken eine Zigarre.

Da stand er im Zimmer.

Mit gekreuzten Armen, langem indischem Gewand, einen weißen Turban über dem dunkelbraunen Gesicht. Er verneigte sich tief und ohne ein Wort zu sagen.

Erwin sprang aus und eilte ihm entgegen. Nun, wo er da war, mußte man ihm mit möglichster Liebenswürdigkeit zu begegnen trachten.

»Willkommen, Sanjo Afru!« rief er, »Willkommen! – Wir haben uns lange nicht gesehen. – Hier, das ist meine Frau, deren Besitz ich zum Teil auch Ihrer Noblesse verdanke!«

Afru wehrte ab. Immerhin aber überflog ein Lächeln seine steinernen Züge, als ihm Ivonne die Hand gab.

»Aha! Also Weibern gegenüber ist er doch nicht ganz ungerührt!« dachte Erwin, und diese Wahrnehmung beruhigte ihn ein wenig, als habe er dadurch zum erstenmal an dem Inder einen Zug bemerkt, durch den er ihm rein menschlich näher gebracht wurde.

»Ich hoffe, daß ich Sie und Ihre junge Gattin durch meinen späten Besuch nicht allzusehr störe!« sagte Afru und wandte sich wieder an Erwin. »Ich hätte ja auch morgen am Tage kommen können, aber wir Inder sind eben noch altmodische Menschen. – Wir haben Fürsten und fühlen uns verpflichtet, ihren Befehlen pünktlich nachzukommen …!«

Ivonne lachte.

Dieser Mann war nicht so schlimm, wie sie zuerst angenommen hatte. Im Gegenteil, je länger man ihn betrachtete, um so mehr begann einem die große Schönheit seiner Erscheinung zum Bewußtsein zu kommen, hinter den Zügen dieses eigenartigen Gesichtes schlummerten Abgründe rätselhafter Ideen und magischer Kräfte.

»Sie stören uns gar nicht!« sagte sie. »Wirklich nicht! Wir sind es sogar gewohnt, meist abends Besuch zu empfangen, denn tags ist Erwin doch geschäftlich verhindert. – Also setzen wir uns! Der Tee wird gleich kommen!«

Und nun geschah das Wunderbare, daß Sanjo Afru sich langsam aber stetig zu wandeln begann. Die Starrheit sank wie ein schwerer, lastender Mantel von seinem Wesen und gab einen Menschen frei, der so bezaubernde gesellschaftliche Fähigkeiten aus seinem Innern zutage förderte, daß sich Erwin und Ivonne ein über das anderemal erstaunt ansehen mußten. Er schlug sie förmlich in Bann. Seine Erzählungen waren so sprühend und spannend, daß sie es vollkommen vergaßen, wie schlecht das Französisch war, in dem sich dieser Fremde auszudrücken pflegte.

Man siedelte in den Salon über.

Der Diener brachte Champagner, Zigarettenduft wiegte sich durch den Raum.

Sanjo Afru griff in die breite Schärpe, die seine Hüften umschloß und zog daraus ein kleines Kästchen hervor, dessen Seiten mit seltsamen Figuren und Arabesken aus gestanztem Silber bedeckt waren.

»In diesem kleinen Behältnis befindet sich der heilige Ring des Rithnar, der Ihnen gehören wird!« sagte er feierlich.

»Sie schrieben mir, er habe eine seltsame Bewandtnis,« antwortete Erwin. »Wollen Sie uns nun nicht erzählen, worum es sich dabei handelt!«

Afru nickte.

»Gewiß, das will ich. Und aus diesem Grunde bin ich ja eigentlich auch nur hier, sonst hätte ich Ihnen das Geschenk meines Herrn einfach ausgehändigt und wäre dann wieder meine Wege gezogen, ohne Sie so lange zu belästigen. – Aber niemand darf den heiligen Ring des Rithnar tragen, ohne seine Geschichte zu kennen.«

Er schwieg und lehnte sich tief in seinen Sessel zurück. Man sah es ihm an, daß seine Gedanken nur irgendwohin fortwanderten, irgendwohin in eine andere, ferne Welt, von der man sich hierzulande keinen Begriff zu machen vermochte, die aber für den, der sie einmal kennengelernt hatte, unvergeßlich bleiben mußte.

Schließlich begann er:

»Was ich nun erzählen werde, ist vor einigen Jahrhunderten geschehen. Damals herrschte in dem uralten Rajapalast von Sukentala ein junger, lebensfreudiger Fürst, Rithnar mit Namen.

Tag und Nacht hallten die Säle von den weichen Klängen der Flöten und Saiteninstrumente wider, zu denen anmutige Tänze und Reigenspiele aufgeführt wurden. Fest reihte sich an Fest. Scharen vornehmer Edelleute mit ihren Favoritinnen trafen von den Nachbarhöfen ein, blieben oft wochenlang und kehrten mit Geschenken beladen in ihre Länder zurück. Weit über die Grenzen von Sukentala erscholl das Gerücht von dem Prunk und Reichtum, der an Rithnars Hofe entfaltet wurde.

Eines Tages begehrte Rithnar, ein Tigertreiben mitzumachen. Auf einem riesigen, weißen Elefanten, der einen vergoldeten, überdachten Thron auf seinem Rücken trug, ritt er an der Spitze eines großen Gefolges in die Dschungel, um dem gefährlichsten aller Raubtiere zu begegnen.

Indessen verging der Tag und die Dämmerung begann herabzusinken, ohne daß die Treiber trotz des Lärms und Geschreis, das sie vollführten, einen Tiger aus seinem Lager aufgejagt hätten.

Der Fürst wurde mißmutig und befahl, die Jagd zu unterbrechen. Er allein wollte sich zu Fuß in das Dunkel des Bambuswaldes wagen, um eines der Raubtiere zu stellen und zur Strecke zu bringen.

Man bat, man beschwor ihn, von diesem Vorhaben abzustehen. Selbst am Tage galt es als gefährlich, sich in das Dickicht zu begeben, da es dort von Schlangen wimmelte und der Boden nicht selten so sumpfig war, daß man darin spurlos versinken konnte. Nachts aber glich ein so waghalsiges Unterfangen dem sicheren Selbstmord.

Aber der Fürst war von seiner Idee nicht abzubringen. Nur sein Kammerdiener Ala, der sich vor ihm niederwarf und ihn unter heißen Tränen anflehte, ihn wenigstens zu seiner Begleitung mitzunehmen, gestattete er dies schließlich.

So verschwanden denn die beiden Männer, nachdem sie sich mit Waffen und mehreren Fackeln ausgerüstet hatten, in dem undurchdringlichen Dunkel der indischen Nacht, das Gefolge in Sorge und Angst um ein großes Feuer, das zum Schutze vor wilden Tieren mittlerweile angezündet worden war, zurücklassend.

Eine Weile ging der Marsch Rithnars und Alas ohne bemerkenswerte Hindernisse vor sich. Sie hatten einen alten Elefantenpfad gefunden und vermochten beim Scheine der Fackel einigermaßen bequem darauf vorwärts zu kommen. Die einzigen Lebewesen, die sie zu Gesicht bekamen, waren große Sumpfvögel, die sich zuweilen ringsum aus dem Pflanzengewirr erhoben und laut kreischend mit klatschenden Flügelschlägen im Dunkel verschwanden.

Dann aber hatte der Elefantenpfad ein Ende. Schilf und Moorblumen wucherten üppig zwischen den immer dichter werdenden Bambusstauden und umgarnten mit ihren glatten Schlingen die Füße der Männer. Außerdem wurde der Boden von Schritt zu Schritt weicher.

Allem Anschein nach befand sich in der Nähe ein Gewässer.

Ohne darauf zu achten, strebte Rithnar weiter und weiter, so daß Ala Mühe hatte, ihm zu folgen, da er zuweilen mit seinem Messer Zeichen in die Bambusstämme hieb, um nachher den Weg zurückzufinden.

Und plötzlich – wie unter einem Zauberschlag – trat der Wald auseinander, und vor ihnen erglänzte im Scheine des mittlerweile aufgegangenen Mondes die Fläche eines kleinen Sees, in dessen Spiegel die Flammen der Fackeln flimmerten und sprühten.

»Wo sind wir?« fragte Rithnar.

»Ich weiß es nicht genau, Herr,« erwiderte Ala, »aber ich glaube, es ist der Teich Tujam, an dem der Einsiedler Adranat seine Wohnstätte erbaute.«

»Man spricht davon, er habe eine Tochter...?«

»Ja, Herr! Und man sagt, sie sei sehr schön!«

Einen Augenblick überlegte der Fürst, dann befahl er kurz:

»Lösche die Fackeln! Wir wollen die Ufer durchsuchen!«

Es geschah nach seinem Wunsch. Ala drückte die Fackeln aus und sie machten sich daran, den Urwald ringsumher zu erforschen.

Indessen wurde es heller und heller, die Sonne stieg auf und zerstrahlte die Nebel – von einer menschlichen Wohnstätte war nichts zu finden. Es war wirklich so, als stände ein Unstern über diesem Unternehmen Rithnars und als wollte ihn irgendeine freundlich gesinnte Geistermacht veranlassen, beizeiten umzukehren. Aber wer entgeht seinem Schicksal!

Der Fürst, verdrossen durch die Mißerfolge der Nacht, gleichzeitig aber auch ermüdet von den Strapazen des Marsches, deckte schließlich seinen Mantel aus und legte sich schlafen. Ala dagegen wies er an, zu wachen und die Ufer im Auge zu behalten, ihn aber für den Fall, daß er ein Lebewesen bemerkte, sofort zu wecken.

Aber auch Ala war über alle Maßen schläfrig. Eine Weile kämpfte er tapfer gegen die Müdigkeit an, dann aber sank auch ihm der Kopf auf die Brust, und er schlummerte ein.

Rithnar erwachte spät am Nachmittag unter den Klängen einer leisen Musik. Erstaunt richtete er sich auf und erblickte nicht weit von der Stelle, wo er und sein Diener sich gelagert hatten, ein junges Mädchen, das auf einem großen Steine saß und Flöte blies. Als sie gewahr wurde, daß er sich bewegte, ließ sie ihr Instrument sinken und sah ihn mit fragenden Augen an.

Er erhob sich und ging auf sie zu. Ohne Furcht ließ sie ihn herankommen und erwiderte seinen höflichen Gruß mit einem freundlichen Kopfnicken.

Sie kamen bald in ein Gespräch, in dessen Verlauf es sich erwies, daß sie wirklich die Tochter des Einsiedlers Adranat war, von deren Schönheit sich die Leute von Sukentala bis nach Nepal hinein Wunderdinge erzählten. – Und wahrhaftig, die Gerüchte hatten nicht gelogen, im Gegenteil, sie war noch viel reizvoller und lieblicher, als das jemals hätte durch menschliche Worte beschrieben werden können.

Und hier beginnt nun das Verhängnis, das über Rithnar hereinbrach. Er verliebte sich in wenigen Tagen unrettbar in die Tochter des Einsiedlers Adranat, verliebte sich so, daß er ihr vorschlug, seine Favoritin zu werden.

Sie lachte ihn aus.

Sie, das einfache Mädchen, das Zeit seines Lebens nichts als Dschungel und Wasser gesehen hatte, und außer mit dem Vater nur zuweilen mit verirrten Jägern und Fischern umging, sollte Fürstin von Sukentala werden. Nein, das war unmöglich! – Außerdem würde es der Vater nie erlauben ... nie ... und dann ...

Ja, das war es eben! Rithnar kam erst zu spät dahinter, aber auch wenn er es früher erfahren hätte, wäre das kein Hinderungsgrund für ihn gewesen. – Sie liebte einen anderen. Einen jungen Fischer, Kadmyr mit Namen, der eine armselige Hütte am Gandak hatte und davon lebte, daß er seine Beute unten in der Stadt zu niedrigen Preisen feilbot.

Kadmyr war zwar nur, wie gesagt, ein armer Fischer, dafür aber sonst ein Mann, der eines jeden Weibes Blicke auf sich lenken und entzücken mußte und in dieser Beziehung wohl mit dem Fürsten wettstreiten konnte.

Als Rithnars eifrige Bewerbungen ohne Erfolg und selbst seine verlockendsten Versprechungen unbeachtet blieben, befahl er seinen Dienern, das Mädchen zu rauben und es in den Rajapalast zu schleppen.

Bei diesem Brautraub floß das erste Blut.

Adranat stellte sich den Abgesandten Rithnars mit der Waffe in der Hand entgegen und wurde erschlagen.

Ein ganzes Jahr blieb nun Moja, die Einsiedlerstochter, in dem Frauenpalast Rithnars, ohne seine Bitten zu erhören. Regungslos saß sie in einer Ecke ihres wunderbar ausgestatteten Schlafgemachs und starrte mit geneigtem Haupt vor sich auf den Boden. In dieser Stellung blieb sie auch, wenn Rithnar, was mehrere Male am Tage geschah, sie besuchte, weder antwortete sie auf seine Fragen noch würdigte sie die kostbaren Geschenke, die er ihr brachte, eines Blickes.

Sie dachte an Kadmyr, den sie liebte, und trauerte um Adranat, den die Diener des Fürsten erschlagen hatten.

Nur abends, wenn die Sonne untergegangen war, schlich sie zuweilen auf einen kleinen Balkon hinaus, setzte sich auf die Brüstung der Mauer und entlockte ihrer Bambusflöte schwermütige Weisen. Dann geschah es wohl, daß aus dem hohen Schilf des in einiger Entfernung vorüberfließenden Gandak mehrmals der dumpfe, unheimliche Ruf einer Sumpfeule ertönte, und es gab Leute, die da munkelten, das sei Kadmyr gewesen, der mit seiner gefangenen Geliebten seltsame Zwiesprache halte.

Indessen ging Rithnars Geduld auf die Neige. Als Moja ein Jahr im Frauenpalast gewohnt hatte, ohne ihm die geringsten Zärtlichkeiten zu erlauben, befahl er kurzerhand, das Hochzeitsfest zu rüsten, das binnen einer Woche stattfinden sollte.

Die Sklavinnen, die zur Bedienung Mojas bestellt waren, erzählten, daß das Mädchen während dieser letzten Tage entgegen ihrer früheren Gewohnheit unruhig in den Gemächern umhergeirrt und oft vom Balkon aus nach dem Gandak hinabgeschaut haben soll.

Und in der Nacht vor der Hochzeit da geschah das Unfaßbare, daß Moja entfloh. Niemand konnte begreifen, wie das geschehen war, denn die Gitter und Tore waren geschlossen gewesen und der Hof wimmelte von Wächtern.

Rithnar schäumte vor Wut, Enttäuschung und Eifersucht. Er selbst brach mit zahlreichen Kriegern auf, um Moja zu suchen. Der ganze Dschungel wurde durchsucht und man fand sie auch schließlich, wie man es gleich hätte vermuten sollen, in der Hütte Kadmyrs.

Aber es war zu spät. Ein Dolchstich unter der linken Brust, der bis tief in das Herz gedrungen war, hatte sie getötet. Kadmyr selbst lag hingestreckt auf dem Fußboden, und als einer der Fürstendiener sich ihm näherte, zischte ihm eine zornig aufgereckte Kobra entgegen.

Den ganzen Tag und die folgende Nacht saß Rithnar stumm und ohne sich zu rühren am Totenlager der Geliebten. Dann, als die Sonne aufging, ließ er sie in eine goldene Sänfte legen, nach Sukentala tragen und in einem seiner schönsten Säle aufbahren.

Niemand durfte diesen Raum betreten, nur den berühmten Zauberer Imal entbot er dorthin.

Als Imal eintrat, führte ihn Rithnar an Mojas Leiche, schlug das seidene Tuch, das den kalten Leib bedeckte, zurück und wies auf einen großen Blutstropfen, der aus der Herzenswunde hervorgequollen und darüber erstarrt war.

»Ich gebe dir soviel Gold, als du tragen kannst,« sagte er, »wenn du es fertigbringst, diesen Blutstropfen in einen Stein umzuwandeln, den ich in einem Ring am Finger tragen kann.«

Imal verneigte sich tief, bat um drei Wochen Zeit, löste den Blutstropfen mit großer Vorsicht von der Wunde und begab sich heim. Dort verfertigte er den Ring des Rithnar, den er zum festgesetzten Termin dem Fürsten überbrachte.

Rithnar selbst trug diesen Ring nur kurze Zeit, denn er starb bald darauf in einem Häuschen am See Tujam, wo er in größter Zurückgezogenheit die letzte Zeit seines Lebens verbrachte. Aber seine Nachfolger erbten und vergaben ihn an Persönlichkeiten, die ihnen irgendwelche besondere Dienste geleistet hatten. Und nun kommt das Seltsamste: der Ring kehrte immer wieder zu den Maharadschas von Sukentala zurück. Jedesmal, wenn sein jeweiliger Besitzer in einer großen Gefahr geschwebt und daraus errettet worden war, verschwand der Ring, als habe er nun seine Pflicht getan, aus seinem Gesichtskreis und fand sich wieder im Rajapalast ein. Hoffen wir, daß er auch Sie, wenn einmal etwas Böses über Sie hereinbricht, schützt und errettet.«

Sanjo Afru stand auf. Seine letzten Worte hatte er besonders bedeutungsvoll und mit großer Betonung gesprochen. Er ergriff das Kästchen, öffnete es und entnahm ihm den in einem grünseidenen Polster ruhenden Ring. Langsam ging er auf Erwin zu und steckte ihm das Kleinod an den Finger.

»Hüten Sie ihn!« sagte er feierlich. »Hüten Sie ihn! In ihm wohnt eine übersinnliche Kraft, die Kraft des unvergänglichen Blutes. Wer weiß, wann sie ihn brauchen!«

Ivonne eilte hinzu, um den Ring zu betrachten. Er war höchst eigenartig gearbeitet und stellte die sich verflechtenden Leiber dreier Schlangen dar, die mit ihren Köpfen und Schwänzen einen großen, rotfunkelnden Tropfen umschlossen.

»Wirklich, als ob es geronnenes Herzblut wäre,« sagte Ivonne, und ein Grauen lief ihr bei diesem Gedanken über den Rücken.

»Herzblut, das aber schützen soll!« antwortete Erwin ernst. Auch ihm war seltsam zumute, obgleich er im Grunde genommen an solche Dinge nicht glaubte.

Er schaute auf, um Afru zu danken, da aber bemerkten er und Ivonne zu ihrem Staunen, daß der Inder bereits lautlos gegangen war.

Mehrere Monate nach jenem denkwürdigen Besuch Sanjo Afrus ging Erwin an einem regnerischen Herbstabend vom Place Castellane kommend den Prado hinab, um seine Villa zu erreichen. Es war fast dunkel, feuchte, kalte Nebel trieben durch die Straßen und einzelne herabgewehte Blätter führten auf dem glänzenden, nassen Asphalt ihre Tänze auf.

Ein Frösteln überlief den Mann. Er klappte den Kragen seines Ulsters hoch und schritt schneller aus. Plötzlich aber hatte er das unangenehme Empfinden, daß ihn jemand verfolge. Unwillkürlich drehte er sich um und bemerkte in einiger Entfernung einen Menschen, der sich scheinbar bemühte, ihn nicht aus den Augen zu verlieren. Ein merkwürdiges Gefühl, das aus einem Gemisch von Neugierde und Besorgnis bestand, erwachte in seinem Herzen.

Wer war jener Mann?

Er tastete in der Tasche nach der Waffe, die er seit seinen finanziellen Erfolgen aus Vorsichtsgründen immer bei sich trug, und entschloß sich dann, vorläufig ruhig weiterzugehen. Vor seiner Villa angelangt, überzeugte er sich, daß der Fremde noch da war, schloß schnell das Gartentor auf und verbarg sich in einer Nische des Hofes. Nach wenigen Augenblicken erschien auch sein Verfolger, ging mehrere Male zögernd vor dem Gitter auf und nieder und trat dann ebenfalls durch das offengebliebene Tor ein. Auch hier schaute er sich erst eine Weile vorsichtig um, sprang dann über einige Rabatten bis an die Hauswand und betrachtete dort mit Hilfe einer Taschenlampe das Fenster des Zimmers, in dem gewöhnlich der schwarze Koffer untergebracht wurde. Indessen schienen seine Ermittlungen von keinem Erfolge gekrönt zu sein, denn er schüttelte mißmutig den Kopf, brummte auch etwas vor sich hin und begab sich dann auf demselben Wege auf die Straße zurück.

Als Erwin den Fremden auf das Fenster hatte zuhuschen sehen, war es ihm sofort klar, daß er irgendwie mit der Kofferangelegenheit in Verbindung stehen mußte. Ob freundlich oder feindlich, ließ sich vorläufig zwar nicht ermessen, immerhin aber war das letztere mehr anzunehmen. Jedenfalls beschloß er, den wenig vertrauenerweckenden Burschen nicht etwa an Ort und Stelle dingfest zu machen, sondern ihn nun seinerseits zu beobachten, um, ohne Aufsehen zu erregen, Zusammenhänge von Wichtigkeit aufzudecken.

So eilte er denn, als der Fremde den Bürgersteig gewonnen hatte, hinter ihm her, überquerte den Prado und begleitete ihn unbemerkt auf der anderen Seite des Boulevards.

Es war eine lange, ungemütliche Wanderung, der er sich ausgesetzt hatte. Der Regen sprühte nicht mehr in feinen Schleiern vom Himmel, sondern flutete in Strömen herab und begann sein Schuhzeug aufzuweichen. Dumpf heulte der Sturm, schüttelte Bäume und Fensterläden und ließ das Meer vom Hafenviertel her donnern. Dorthin aber gerade lenkte der Bursche seine Schritte. Immer enger und winkeliger wurden die Gassen, die er benutzte, immer windschiefer die verwitterten Häuser, an deren Mauern er entlang schlich. Schließlich duckte er sich in den schwarzgähnenden Schlund eines Torbogens und war verschwunden.

Es war gut, daß Erwin von seiner abenteuerlichen Vergangenheit her in dieser Gegend jeden Winkel kannte, hierher hatte er auch jene Ausflüge unternommen, in deren Verlauf er das Hasard spielen und lieben lernte, hier ringsum lagen die Kellerkneipen und Kaschemmen, in denen er damals täglicher und gerngesehener Gast gewesen war.

Er wußte genau, was die dunkle Tiefe des Torschlundes barg, die den von ihm verfolgten Mann verschluckt hatte. Dort lag etliche Klafter unter der Erde das berüchtigtste Lokal der Verbrecher- und Grisettenwelt Marseilles, das Café Oriental!

Einen Augenblick war er unschlüssig, ob er ebenfalls diesen inoffiziellen Eingang oder lieber die »Paradetür«, die an einer anderen Straße gelegen war, benutzen sollte, entschloß sich aber zu dem ersteren und tappte auf gut Glück in die Finsternis hinein.

Anfangs hatte er rechts eine feuchte, moderig riechende Wand als Stützpunkt, dann aber wich diese zurück, was ihn davon überzeugte, daß er sich auf dem Hofe, von dem etliche Stufen in einem versteckten Kellergang führen mußten, befand. Ehe er sich jedoch noch auf die Suche nach diesem Keller begeben konnte, sprangen plötzlich zwei Gestalten auf ihn zu und packten ihn an den Armen, während ihm eine heisere Stimme in das Ohr zischte:

»Was suchen Sie hier?«

»Das Café Oriental und gewiß nicht Sie!«

»Unsinn! Sie wollten spionieren!«

»Ich? Dasselbe könnte ich von Ihnen behaupten, meine Herren!«

Ehe die verblüfften Kerle antworten konnten, stieß er dem einen die Faust in die Herzgrube und versetzte dem anderen einen solchen Fußtritt, daß er aufstöhnend zurücktaumelte.

Für den Augenblick war er frei.

Blitzschnell riß er seine Taschenlampe heraus, deren Benutzung er, um nicht aufzufallen, bisher vermieden hatte, knipste sie an, erblickte in ihrem grellen Lichtspiegel den Kellerschacht und sprang hinein, die verquollene Tür hinter sich zuschlagend und verriegelnd.

So! Uff! Das wäre geschafft! – Aber er mußte unbedingt wieder sein Boxtraining aufnehmen, den er, seitdem Reichtum und Ehe über ihn hereingebrochen waren, vernachlässigt hatte. Seine Glieder wiesen doch nicht mehr ganz dieselbe Geschmeidigkeit auf wie früher.

Mit wenigen Schritten durchmaß er den unterirdischen Gang, durchquerte einen Kellerraum, dessen Boden mit Backsteinen ausgelegt war und klopfte an eine triefende, verrostete Eisentür, in der von der anderen Seite ein Schlüssel stak.

Bung, bung, bung …dröhnten seine Schläge. Bung, bung, bung …! Dreimal kurz und dann zweimal lang: …bungggg, bungggg …! Das war das alte Zeichen.

Tatsächlich, jemand schlürfte auf Pantoffeln heran und drehte lautlos den Schlüssel um. Auf ging die Tür.

»Nanu!« knurrte der Mann, der ihm öffnete, drohend. »Wer sind denn Sie? – So einen kenn ich ja gar nicht!«

Aber Erwin kannte ihn und das war die Hauptsache.

»Du kennst mich nicht!?« rief er vorwurfsvoll. »Du kennst mich nicht!? – Also, da hört doch alles auf! Du kennst mich nicht, und dabei habe ich den Kerlen bei der letzten Pokerpartie mindestens zwölf Franken in bar abgenommen!«

Der Mann stierte ihn an, als käme er aus einer anderen Welt.

»Es ist allerdings schon eine ganze Weile her!« fuhr Erwin fort, »vielleicht ein Jährchen oder auch etwas darüber. Aber deswegen vergißt man doch alte Freunde nicht. Mensch, kennt ihr denn hier den Jacques nicht mehr?«

Nun ging des Hauses Hüter langsam, aber sicher ein Talglicht auf.

»Also der Jacques bist du!« grunzte er beruhigt und hieb Erwin aus lauter Freude eins auf die Schulter, daß er fast darunter zusammenbrach. »Wer hätte das auch für möglich gehalten! Der kleine Jacques mit dem komischen deutschen Namen, den wir nie aussprechen konnten und den wir darum in Jacques umtauften! Daß ich dich so vergessen konnte! – – Aber das macht, du bist feiner geworden und hast eine vornehme Kluft an, während du früher standesgemäßer gekleidet gingst. Ja, ja …Nun, du hast gewiß ein paar schwere Kisten gedreht, ohne hinter schwedische Gardinen zu kommen! – Ja, dem einen gelingt's, dem anderen nicht! – – Aber wir haben immer auf dich große Stücke gehalten! – Nun komm herein, die Jungen werden sich freuen und die rote Jeanette, die du damals liebtest, ist auch noch da…«

»Vielleicht später«, antwortete Erwin Gerardi und verhinderte, daß Pierre, der Hauswart, eine Tür öffnete, hinter der sich Musik und wüstes Stimmengewirr hören ließ. »Zuerst möchte ich mich zwei Minuten mit dir allein unterhalten. Es handelt sich nämlich um eine Vertrauenssache.«

Er griff in die Tasche, förderte ein Zehnfrankstück zutage und ließ es in Pierres willig geöffnete und vielversprechende Tatze gleiten.

Der warf die Münze auf einen großen Stein, probierte dann mehrmals sein Raubtiergebiß an ihr und steckte sie schließlich befriedigt ein.

»Bitte«, sagte er. »Ich stehe zu deinen Diensten!«

»Also, erstmals …Ist hier durch diese Tür vor zehn Minuten ein Mann eingetreten?«

»Ein Mann? – Warte mal. – Natürlich! Der kleine Italiener Juffo, den sie vor einigen Monaten mit dem Tauende von Bord des »Viktor Emanuel« gejagt haben, weil er sich für den Inhalt des Passagiergepäcks interessierte!«

»Hm. So? – Was macht dieser Juffo für Geschäfte?«

»Schlechte, natürlich! – Er hat kein Talent, weißt du! So viel er sich auch Mühe gibt, es kommt nichts Gescheites heraus. Da bist du doch ein ganz anderer Kerl! Jetzt allerdings prahlt er da mit irgendeiner Sache, aber … na, der Juffo! …wir kennen ihn ja…!«

»Weißt du nicht annähernd, um was für eine Sache es sich handelt?«

Pierre kniff ein Auge zusammen und sah Erwin lauernd an.

»Bist du auch nicht etwa unter die Polypen gegangen?« fragte er.

»Du bist verrückt, mein Lieber. – Ich hätte dann auch Besseres zu tun, als mich in das Bereich deiner zarten Hände zu wagen! Nee …, lieber nicht! Aber, um auf Juffo zurückzukommen – –, der Kerl interessiert mich!!«

»Warum?«

»Weil ich ihn interessiere! Apropos! Findest du es nicht einigermaßen merkwürdig, daß ich vor einer guten halben Stunde zufälligerweise Gelegenheit hatte, zuzusehen, wie er ein Erdgeschoßfenster meiner Wohnung einer genauen Visitation unterwarf…?!«

»Deiner Wohnung? Ausgerechnet! – – Na, warte! Das beste ist, ich schicke dir den Kerl mal ein bißchen herein, dann könntet ihr euch ja in aller Ruhe und ganz ungestört aussprechen!«

Pierre verschwand in dem Raum, aus dem der Lärm hereinklang. Es dauerte eine ganze Weile, bis er wiederkam – scheinbar hatte er mit Juffo Schwierigkeiten, – als das dann aber schließlich geschah, schob er einen schmächtigen, braunen Menschen, dem das zottelige Haar ins ungewaschene Gesicht hing, vor sich her und sagte gönnerhaft:

»Da habt ihr euch, meine Lieben! – Ich werde euch nicht stören!«

Die beiden Männer waren also allein. Erwin fixierte den Italiener eine Weile und sagte dann scharf:

»Sie kennen mich…?«

Juffo sah ihn an und nickte lebhaft mit dem Kopfe.

»Wer bin ich denn?«

»Der Millionär Gerardi!«

»Hm. – Ich gebe Ihnen hier zwanzig Franken. – Wollen Sie mir nun erzählen, warum Sie mich heute verfolgt haben und nachher in meinen Hof gegangen sind?«

Juffo wurde sehr blaß. Scheinbar war ihm die Entdeckung Gerardis durchaus nicht angenehm. Er sah sich scheu im Raume um, als suche er einen Weg, um entwischen zu können.

Erwin bemerkte diesen Blick, griff in die Tasche und legte seinen Revolver und zwei Zehnfrankenstücke vor sich auf den Tisch.

»Wenn Sie ausreißen, knalle ich Sie nieder,« sagte er dabei ruhig, »wenn Sie die Wahrheit erzählen und evtl. in meine Dienste treten, erhalten Sie vorläufig noch diese zwanzig Franken und späterhin ein festes Honorar. Also bitte…?«

Juffo dachte eine Weile nach, als müsse er sich erst mal über die Situation klar werden, seufzte dann ergeben auf und fragte:

»Sie kennen Dr. Renee…?«

»Gewiß, wer sollte den nicht kennen. Das ist doch derselbe, dessen Gattin vor einigen Monaten spurlos in Paris verschwand?«

»Davon weiß ich nichts. – Jedenfalls wohnt er an der Rue Bergere 101. Dieser Dr. Renee erschien eines Tages hier im Café Oriental und setzte sich an meinen Tisch. Wir unterhielten uns eine Weile über dies und das, er hatte bald heraus, daß es mit mir nicht zum Besten stand und fragte mich daraufhin, ob ich ihm vielleicht einen Dienst leisten wolle. Gegen Bezahlung natürlich! – Ich sagte zu, falls die Sache nicht zu schwierig sei. – Er lachte mich aus und erklärte, es handele sich nur darum, zwei Persönlichkeiten, für deren Tun und Lassen er sich interessiere, zu beobachten…«

»Ich bin natürlich die eine Persönlichkeit, und die andere?«

»Ist ein angeblicher Indier, Sanjo Afru mit Namen, der hierher zuweilen aus Paris in einer dunkelblauen Limousine herüberkommt, die dann regelmäßig einen schwarzen Koffer mit sich führt, der in Ihrem Hofe abgeladen wird.«

»Hm. Und weiter ...?«

»Weiter nichts. – Aber alle diese Einzelheiten interessieren den Dr. Renee sehr, und jedesmal, wenn ich ihm berichten konnte, Auto und Koffer seien angekommen, schenkte er mir dreißig bis fünfzig Franken. Das letztemal nun bot er mir sogar hundert Franken, wenn ich es fertig bekäme, die Eisengitter an dem betreffenden Erdgeschoßfenster Ihrer Wohnung durchzufeilen, damit man den Koffer in der Nacht heimlich entführen könne!«

»Donnerwetter! Ist das wahr?«

»Jawohl. – Ich wunderte mich auch, daß ein so feiner, vornehmer Herr wegen eines lumpigen Koffers zum Verbrecher werden wollte, aber als ich ihm das sagte, lächelte er nur merkwürdig und antwortete, das verstände ich eben nicht.«

»Was für Gegenstände vermutet denn der Doktor in dem Koffer?«

»Ja, das weiß ich nicht. – Darüber hat er sich nie ausgesprochen. Auf alle Fälle ist es aber etwas ganz besonderes, sonst würde er wohl nicht solche Anstrengungen machen, in den Besitz des Gepäckstückes zu gelangen ...«

Erwin überlegte. Einen Augenblick hatte er den Gedanken, zu Dr. Renee zu fahren und ihn um Aufklärung zu bitten. Aber das ging nicht. Dr. Renee würde nie daran glauben, daß Erwin selbst nichts Genaues über den Inhalt des Koffers wisse. Er würde vielmehr hinter einem solchen Besuch eine Falle wittern und noch mißtrauischer werden. Man mußte also vorläufig den Dingen ihren Lauf lassen, sorgfältig aber alles, was Dr. Renee unternahm, im Auge behalten. Dazu war Juffo allem Anschein nach die geeignete Persönlichkeit.

Erwin steckte den Revolver ein, entnahm seiner Brieftasche eine Fünfzigfrankennote und schob das Geld dem Italiener hin.

»Hier,« sagte er dabei leise, »hier diese Kleinigkeit für den Anfang. Ich hoffe, es genügt. Sie werden diese Summe allwöchentlich von mir erhalten, aber Sie haben dafür die Pflicht, mich ständig auf das Genaueste darüber zu orientieren, was der Doktor unternimmt. Sie verstehen, auf das Genaueste! Ich will keinen persönlichen und unliebsamen Überraschungen ausgesetzt sein. Der Doktor darf natürlich von all dem nichts merken, sonst ist die ganze Übung zwecklos.«

Juffo griff gierig nach dem Schein, betrachtete ihn einen Augenblick mißtrauisch und stopfte ihn dann mit einer Bewegung, als fürchtete er, der Schatz könne ihm wieder entrissen werden, in eine seiner geräumigen Hosentaschen. Er war noch blässer geworden als gewöhnlich, aber seine Augen sahen bewundernd und dankbar zu Erwin auf.

»Es soll alles geschehen, wie es der Herr befehlen ...!« flüsterte er unterwürfig.

»Gut, gut. Ich möchte Ihnen auch nicht zu dem Gegenteil raten. Ein Wink von mir an den Präfekten, und Sie sitzen samt ihrem Doktor hinter Schloß und Riegel!«

Der Mann zuckte zusammen und hob abwehrend die Hände. Diese Aussicht erschien ihm auf keinen Fall verlockend. Erwin konnte sicher sein, daß er seine Obliegenheiten pünktlich erfüllen werde.

Damit war diese Aussprache beendet. Erwin öffnete die Tür zu den Räumen des Cafés, und Juffo schlüpfte unter tiefen Verbeugungen mit katzenartiger Gewandtheit an ihm vorüber und verschwand im Gewühl des Lokals. Pierre trat hinter dem Schanktisch hervor und kam dem seltenen Gast entgegen.

»Nun, mein Kellner ... alles nach Wunsch?«

Erwin nickte.

»Ich bin zufrieden. Aber behalte den Kerl im Auge und berichte mir gelegentlich, in was für einer Gesellschaft er sich bewegt. Ich habe ihn in meine Dienste genommen.«

Er ließ einige Goldstücke in Pierres erwartungsvoll geöffnete Tatze gleiten. Der steckte die Münzen schmunzelnd fort und stieß dann einen leisen Pfiff aus, den er einige Male wiederholte.

Im nächsten Augenblick fühlte sich Erwin leicht an der Schulter berührt. Er wandte sich um und stand einem großen, schlanken Mädchen gegenüber, dessen alabasterweißes Gesicht von einer roten Haarwelle umlodert wurde.

»Jeannette...!« stieß er erstaunt hervor, »Jeannette ...! du bist auch noch hier...?«

»Wo sollte ich sonst sein...?« lächelte sie. »hier ... hier ist doch wenigstens etwas Leben, weißt du, Aufregungen, Gefahren ...wie ich es liebe. Pierre sagt zwar, ich solle heiraten, aber pah ... Die Männer, die sich heiraten lassen...!«

»Sind nicht nach deinem Geschmack, Jeannette ...nicht wahr? Ich weiß es. – Übrigens auch ich habe geheiratet.«

»Du?«, sie sah ihn verwundert an. »Ist sie wenigstens hübsch, deine Frau...?«

»Es geht.« – Er lachte. »Oder meinst du, daß ich eine häßliche Frau genommen hätte? Dazu hattest du mich doch zu sehr verwöhnt!«

Sie wurde rot vor Freude.

»Komm,« sagte sie und ergriff seine Hand. »Dort in der Ecke ist eine freie Nische. Du hast doch eine halbe Stunde für mich Zeit?«

Ohne seine Antwort abzuwarten, zog sie ihn mit sich fort. Pierre schaute ihnen nach, kratzte sich zufrieden grinsend hinter den Ohren und begab sich dann watschelnd in den Keller, um aus demselben eine der wenigen guten Flaschen hervorzusuchen, die er dem Pärchen vorzusetzen beabsichtigte.

Einen Augenblick widerstrebte es Erwin, dem Mädchen an den Tisch zu folgen. Er legte keinen Wert mehr auf das Leben der Kaschemmen, das ihm früher in seiner bunten Abenteuerlichkeit reizvoll und anziehend erschienen war. Dann aber durchzuckte ihn urplötzlich ein Gedanke! Wie, wenn er Jeannette zu seiner Vertrauten machte und sie bat, das Geheimnis des schwatzen Koffers zu ergründen. Ihr als Weib mußte das leichter gelingen, denn sie konnte sich unter Umständen an Afru heranschlängeln, ohne daß er die Absicht hatte. Außerdem war wohl kaum eine Person so dazu geeignet, den dunklen Wegen des Inders nachzuspüren, als gerade Jeannette, deren ganzes Leben in einer Umgebung verstrichen war, wo die Ausführung und dar Verheimlichen von Verbrechen zur Alltäglichkeit gehörten.

Pierre brachte eine bestaubte Flasche und stellte sie auf die unsaubere Platte des Tisches. Dazu zwei plumpe Aluminiumbecher. Gläser waren in diesem Lokal aus naheliegenden Gründen verpönt.

»Trinkt, meine Kinderchen, ...«, grunzte der alte Gauner verschlagen. »Das ist ein Tropfen, wie er selbst im *Maison dorée* selten sein dürfte.«

Er schlürfte davon. Jeannette goß die Becher voll. Eine Weile tranken sie schweigend, während Erwin das seltsame Treiben der ihn umgebenden Menschen beobachtete. Es waren zu zwei Drittel Verbrecher und Hehler, deren starkknochige Gesichter von den tiefen Furchen übertriebener Genüsse zerrissen wurden, hie und da bemerkte man auch ein paar Fremde. Meist Maler oder Schriftsteller, die ihre Studien machten. In einer Ecke neben dem Ausgang saßen zwei Kriminalbeamte und tranken, von allen erkannt, mit scheinbarer Gleichgültigkeit billigen Porter.

»Welch seltsames Volk!« dachte Erwin und es erschien ihm merkwürdig, daß er vor absehbarer Zeit hier allabendlicher Gast gewesen und von dieser Sippe als ihresgleichen betrachtet worden war.

Er wandte seine Aufmerksamkeit wieder der Frau zu, die ihm lässig gegenüberlehnte und ihn aus schwarzumrandeten Augen erwartungsvoll ansah. Sie hatte einen eigenartigen Reiz und Erwin konnte es sich wohl vorstellen, daß ihr geschmeidiges, katzenartiges Wesen unter Beihilfe entsprechender Toiletten seine Wirkung auch auf verwöhnte Männer nicht verfehlen werde. Augenblicklich war sie allerdings nur mit einem abgetragenen, giftgrünen Pullover und einem kurzen Tuchröckchen bekleidet, während ihre sehr schönen Beine in hohen Schnürstiefeln steckten. Sie hielt eine Zigarette schief im Munde und stieß zuweilen leise zischend den Rauch zwischen den scharlachrot geschminkten Lippen hervor.

Erwin beugte sich ein wenig nach vorne und sagte halblaut:

»Jeannette, wie ist es ...? Bist du irgendwie gebunden...?«

Sie sah ihn erstaunt an, scheinbar hatte sie diese Frage nicht erwartet, und erwiderte dann zögernd:

»Ich weiß nicht, wie du das meinst...?«

»Ich meine, ob du jederzeit dazu bereit wärst, nicht nur diese Menschen hier, sondern auch Marseille zu verlassen, oder ob du dich irgendwie gebunden fühlst.«

Jeannette antwortete nicht gleich, sondern nahm erst einen tiefen Zug aus ihrer fast ausgebrannten Zigarette, stieß den Rauch mit geschlossenen Augen durch die Nase wieder aus und zerdrückte dann umständlich den Stummel auf einem Blechteller. Jedenfalls überlegte sie das Für und Wider.

»Ich bin natürlich gebunden...,« sagte sie endlich geringschätzig, »aber es besteht kein nennenswertes Hindernis, diese Bande gegebenenfalls zu lösen...«

»Genügt es, wenn ich dir ein Honorar von zehntausend Franken monatlich aussetze und dich dafür bitte, deine Wohnung vorläufig nach Paris zu verlegen?«

Erwin hatte nicht erwartet, daß diese Worte eine solche Wirkung ausüben würden. – Jeannette sprang mit einem schrillen Freudenschrei auf, drehte sich mehrere Male wie irrsinnig um sich selbst und fiel dann Erwin um den Hals, sein Gesicht mit stürmischen Küssen bedeckend. Er konnte sie nur mit Mühe beruhigen und auf ihren Platz zurückdrängen.

»Du hast noch nicht gehört, was ich für diese Summe verlange«, sagte er, um ihren Enthusiasmus zu dämpfen.

Jeannette lachte hysterisch.

»Was du verlangst? – Verlang was du willst! Zehntausend Franken bleiben zehntausend Franken ... und dazu noch in Paris! – Aber du hast recht, ich benehme mich wie ein Backfisch ...du mußt schon entschuldigen ...die Größe der Summe hat mir ein wenig den Verstand genommen...!«

Sie goß einen Becher des schweren Weines herunter, als sei es Wasser und wurde dann etwas ruhiger.

»Erzähle weiter!« bat sie.

Und Erwin erzählte. Alles. Auch das seltsame Interesse des Dr. Renee, dessen Gemahlin vor einigen Monaten in Paris verschwunden war, verhehlte er nicht. Sie, Jeannette, die gerissenste aller Marseiller Grisetten, sei nun berufen, sich das Vertrauen des Inders zu erschleichen und den dunklen Schleier zu lüften, den dieser Mann um seine Handlungen wob.

»Ich will dir nicht zureden, den Auftrag zu übernehmen,« schloß Erwin seine Ausführungen, »denn es besteht Grund zu der Annahme, daß du dich in Gefahren begibst. Überleg' dir daher die Angelegenheit bis...«

Aber Jeannette ließ ihn nicht aussprechen.

»Überlegen ...? – Es scheint, du hast vergessen, daß ich die »Rote Jeannette« bin. Es gibt nichts zu überlegen. Ohne Gefahr hätte die ganze Geschichte für mich keinen Reiz. Und wenn es dir recht ist, fahre ich morgen nach Paris!«

Kapitel 8
Eine nächtliche Begegnung

Dr. Renee, der bekannte Marseiller Psychiater, saß um dieselbe Zeit, da Erwin Juffo und Jeannette für sich verpflichtete, an dem gewaltigen, dunkelgebeizten Eichenschreibtisch seines Herrenzimmers und starrte unverwandt auf ein großes, ölgemaltes Porträt, das ihm gegenüber an der seidenbespannten Wand hing. Das Porträt stellte eine junge Frau dar, deren schmales Gesicht sich blaß und durchsichtig von dem dunklen Hintergrunde abhob und deren Augen eine so unergründliche Tiefe zu bergen schienen, daß oft selbst fremde Menschen minutenlang stehenblieben und sich mit dem seltsamen Zauber dieser unvergleichlichen Frauenschönheit auseinandersetzen mußten.

Eine einzige blaubeschirmte Stehlampe glühte in einer entlegenen Ecke des großen Raumes und umhüllte alle Gegenstände mit einem sanften, mondscheinhaften Schimmer.

Lange saß der Doktor so. Nichts rührte sich in dem schlafenden Hause, und nur zuweilen fauchte das Geräusch vorüberhastender Automobile von der Rue Bergere bis in dieses Stockwerk herauf.

»Wo bist du wo bist du …??!« flüsterten die Lippen des einsamen Mannes, während sich seine Hände um das Leder der Seitenlehnen des Stuhles krumpften.

»Wo bist du? – wenn ich wenigstens wüßte, daß sie dich getötet haben – Aber es gibt Dinge, die schlimmer sind als der Tod! …Es gibt Dinge …!«

Er brach mitten ab und senkte die hohe, weiße Stirn bis auf die kalte Platte des Tisches. Ein verzweifeltes Stöhnen entrang sich seinem Munde, während nervöse Fieberschauer den Körper schüttelten.

»Nur eine Nachricht … nur ein kurzes Wort, damit ich weiß, woran ich bin! – Aber diese Ungewißheit quält mich zu Tode!«

Eine elektrische Glocke schrillte auf dem Flur. Der Doktor fuhr auf, strich sich das Haar zurück, drehte den Kronleuchter an und ging, um zu öffnen. Es war Henri Lessot, der von ihm beauftragte Detektiv.

»Was haben Sie Neues?« fragte der Arzt gespannt, während er seinen Gast in das Schreibzimmer geleitete und ihm eine Virginia anbot.

Der Detektiv sah sich um, als fürchte er, belauscht zu werden, trat dann dicht an Renee heran und sagte leise: »Erwin Gerardi ist an der Sache unbeteiligt!«

Der Doktor zuckte zusammen und wurde noch blässer.

»Wie haben Sie das herausbekommen?«

»Sehr einfach – Ich habe seine Frau gefragt.«

»Sie sind ein Mordskerl. – Ich dachte immer, Sie kennen die Dame nicht!«

»Bis vor anderthalb Stunden hatten Sie in dieser Annahme recht. Dann aber gelang es mir, sie kennenzulernen.«

»Auf welche Weise?«

»Ich begegnete ihr zufällig im Atelier der Madame Boubet. Sie wissen, daß es nie leichter ist, sich an eine Dame heranzupirschen, als wenn sie dabei ist, sich über ihre künftige Garderobe Sorge zu machen. Binnen einiger Minuten hatte ich durch mein offensichtliches Verständnis für weibliche Toiletten ihr volles Vertrauen erworben. Da ihr Gemahl sie aus irgendwelchen Gründen nicht abholen kam, nahm sie meine Begleitung an. Unterwegs tranken wir im Café Glacier eine Tasse Mokka und zwei Charteusen. Alkohol löst bekanntlich die Zungen, ich lenkte das Gespräch unmerklich auf das geheimnisvolle Auto und erfuhr auch, daß Frau Ivonne und ihr Gemahl den Inhalt des Koffers noch nicht ergründet haben.«

»Ja, zum Teufel, warum verstecken sie dann das Ding bei sich?«

»Warum? – Auch das habe ich halbwegs ergründet. Gerardi hat mal früher irgendeinen Scheck unterschrieben, der nicht gedeckt war, und dieses Papier befindet sich leider Gottes in den Händen des Inders, der es dazu ausnützt, sich Gerardi dienstbar zu machen.«

Eine Weile schwiegen die beiden Männer und pafften nachdenklich den Rauch ihrer Zigarren in die Luft. Die Sache war verwickelt und wurde dadurch noch erschwert, daß sowohl die Marseiller als auch die Pariser Polizei jegliches Einschreiten gegen Sanjo Afru abgelehnt hatten. Elise Renee war zwar in Paris, wohin sie vor einigen Monaten allein gereist war, in der Gesellschaft des Inders gesehen worden, und dieser leugnete auch in keiner Weise, eine Dame dieses Namens zu kennen, aber es ließ sich eben nicht feststellen, daß er auch irgendwie um ihr Verschwinden wußte oder gar daran beteiligt war.

»Wäre es nicht das Beste, wenn ich mit Gerardi spräche und ihn bitten würde, er möge uns helfen. Eine ganze Nacht ist der Koffer in seinem Gewahrsam, und eine solche Zeit dürfte wohl dazu genügen, um das Schloß, und sei es auch noch so komplizierter Konstruktion, kunstgerecht zu öffnen und gegebenenfalls wieder zu schließen.«

Aber Henri Lessot riet ab.

»Noch nicht,« sagte er. »Gerardi liegt nichts daran, mit Afru in Konflikt zu geraten, und bloße Annahmen werden ihn gewiß nicht dazu bewegen, den ihm anvertrauten Koffer gewaltsam zu öffnen. – Anders wäre es natürlich, wenn wir beweisen könnten, Ihre Frau sei am letzten Abend mit dem Inder zusammen gewesen. Das ändert sofort die Situation und spielt uns mit einem Schlage alle Trümpfe in die Hand. Aber bis dahin müssen wir eben, so schwer es auch wird, warten...«

Dr. Renee erhob sich und ging nervös auf dem Teppich auf und nieder. Er fühlte sich wie gefesselt, überall, wo man etwas tun wollte und konnte, stieß man gegen die Mauern des konventionellen Formenkrams, die die europäische Gesellschaft nach und nach um sich her aufgetürmt hatte.

»Was haben Sie für Nachrichten aus Paris?« fragte er schließlich stehenbleibend.

Der Detektiv zuckte bedauernd die Achseln.

»Meine Leute tun was sie können. Aber gerade, wo es am notwendigsten wäre, hört unsere Macht auf. Wir können zwar beobachten, wie Sanjo Afru sein Haus verläßt und ihn auch zum Teil auf seinen Wegen in der Stadt begleiten, was aber in seiner Wohnung geschieht, bleibt unerforschlich, ebenso wie die Milchglasfenster des Autos jeden Einblick verhindern. Überdies besitzt er mehrere ganz gleich aussehende Wagen, die in verschiedenen Garagen von Paris untergestellt sind, hat er also das Gefühl, verfolgt zu sein, so läßt er einfach sein Auto auf der einen Seite des Gebäudes stehen, in dem er zu tun hat, verläßt es durch Hintertüren und gelangt auf derlei Umwegen zu einem zweiten Wagen, der ihn in einer anderen Straße erwartet.«

»Haben Sie versucht, die Dienerschaft zu bestechen, oder, was noch besser wäre, einen Ihrer Kollegen als Hausangestellten in das Besitztum Afrus einzuschmuggeln?«

»Alles ist geschehen und alles fehlgeschlagen! – Der indische Türhüter, an den wir uns natürlich zuerst heranmachten, hörte alles mit stoischer Ruhe an, ließ sich sogar eine ansehnliche Summe geben, als sei er mit allem einverstanden, und warf dann das ganze Geld, ohne eine Miene zu verziehen, ein paar vorüberlungernden Bettlern vor die Füße.«

»Bleibt also als einziger Ausweg nur mein Plan, den Koffer aus Gerardis Villa zu rauben!«

Es war das erstemal, daß Renee diese Absicht Lessot mitteilte, und die Wirkung war eine dementsprechend große.

»Ist das Ihr Ernst ...! – Ich habe es satt, im Dunkeln zu tappen und bereits vorbereitende Schritte unternommen ...!«

»Herr Renee! Sind Sie sich auch darüber klar, daß, wenn der Koffer nicht das enthält, was Sie voraussetzen – Ihre Handlung vom Gericht als Einbruchsdiebstahl bewertet wird!«

»Auch das habe ich überlegt! – Aber ich bin mit meinen Nerven so herunter, daß ich es vorziehe, im Gefängnis zu sitzen, statt von dieser entsetzlichen Ungewißheit gemartert zu werden!«

»Ich kann nicht mehr tun als Sie warnen!« sagte Lessot und erhob sich. »Schließlich muß jeder selbst wissen, was er tut! Und Sie werden es wohl auch nicht mißverstehen, daß ich mich persönlich an Ihrem Vorhaben nicht beteilige ...!«

Renee lächelte.

»Ich habe es auch nicht erwartet,« antwortete er verbindlich, »und habe nur die eine Bitte an Sie, auch für den Fall, daß ich verhaftet werden sollte, oder daß mir sonst etwas zustößt, Ihre Nachforschungen weiter fortsetzen zu wollen. Die nötigen Summen sind bei einem Rechtsanwalt deponiert.«

Es war mittlerweile elf Uhr geworden und Lessot empfahl sich. Renee begleitete ihn bis auf die Straße, winkte dann eine Autotaxe heran und fuhr zum Café Oriental, wo er von Juffo Neuigkeiten zu erfahren hoffte.

Aber er traf den Italiener nicht mehr an. Statt dessen begegnete ihm an der Tür der Kaschemme Erwin Gerardi, der sich von einem schlanken, rothaarigen Mädchen verabschiedete. Einen Augenblick maßen sich die beiden Männer mit beinahe feindlichen Blicken. Einen Augenblick nur! – Dann trat Erwin – gleichsam dem Gebot einer plötzlichen Eingebung folgend, auf den Arzt zu und sagte:

»Herr Dr. Renee! Ich glaube, es ist gut, daß wir uns getroffen haben! Jedenfalls gibt das auffallende Interesse, das Sie neuerdings meiner Person entgegenbringen, mir die Berechtigung, Sie um eine Aufklärung zu bitten!«

Der Arzt war so verblüfft, daß er nicht sofort antworten konnte.

»Ich verstehe nicht, was Sie meinen...!« stieß er schließlich hervor.

Erwin machte Jeannette ein Zeichen, sich zu entfernen, trat dicht an Renee heran und flüsterte:

»Sie haben die Absicht, bei mir einzubrechen...!?« – Und da der Arzt nicht antwortete: »Vielleicht würden Sie die Güte haben, mir zu erklären, was Sie in dem Koffer Sanjo Afrus vermuten!«

Dr. Renee begriff plötzlich, daß dieser Mann nicht etwa in feindlicher Absicht zu ihm sprach, sondern selbst danach trachtete, ein düsteres Geheimnis zu entwirren. Gleichzeitig wurde ihm klar, daß Juffo abgefaßt sein mußte und alles gestanden hatte. Es blieb ihm also nichts anderes übrig, als sich entweder mit Gerardi zu einigen oder aufs Schlimmste gefaßt zu sein.

»Wollen wir uns erst setzen...,« sagte er schließlich, um Zeit zu gewinnen.

Sie ließen sich in derselben Nische nieder, in der Erwin mit Jeannette verhandelt hatte. Pierre brachte eine neue Flasche und zog sich dann diskret zurück. Auch er ahnte, daß hier schwerwiegende Dinge besprochen werden sollten.

Nach einer Weile beugte sich Dr. Renee so weit vor, daß sein Gesicht Erwin sehr nahe kam und sagte:

»Haben Sie nie den Argwohn gehabt, in dem Koffer des Inders befinde sich irgendein grausiges Geheimnis...?«

»Nein!«

Erwin log absichtlich, um nicht den Anschein zu erwecken, er habe irgendeine strafbare Handlung begünstigen wollen.

»Haben Sie aber geglaubt, daß der Koffer ausgerechnet nur Puppen enthalte...?!«

»Ich hatte bisher keinen nennenswerten Grund, etwas anderes anzunehmen. Und wenn ich es doch tat, so ging es mich schließlich nichts an, da es ja nicht mein Gepäckstück war...«

»Haben Sie beispielsweise nicht daran gedacht, daß dieser Koffer dazu da ist, um ...Leichen ... zu befördern!?«

Erwin überlief ein Grauen. Wollte ihn dieser Mensch ins Bockshorn jagen oder war sein Verstand durch das rätselhafte Verschwinden von Frau Elise getrübt worden?

»Sie belieben zu scherzen,« sagte er daher mit erzwungener Gleichgültigkeit. »Und ich kann Sie allerdings versichern, daß mir derartig phantastische Ideen nie gekommen sind!«

»Die Idee ist nicht so phantastisch, wie es sich im ersten Augenblick anhört. – Ich nehme an, daß Sie von dem rätselhaften verschwinden meiner Frau gelesen haben...?«

»Natürlich. Und ich brauche Ihnen nicht zu versichern, daß mir dieser Unglücksfall sehr nahegegangen ist. Aber was hat das...?«

»Einen Augenblick, bitte. – Meine Frau ist in den letzten Tagen vor ihrem Verschwinden häufig in der Begleitung Ihres Freundes Afru gesehen worden!«

»Hm!«

»Am Abend nach ihrem Verschwinden traf das mysteriöse Auto hier ein und brachte den Koffer in Ihre Wohnung, von wo er am nächsten Morgen zum Indiendampfer transportiert wurde. – Können Sie abstreiten, daß unter diesen Umständen ein gewisser Verdacht … na, sagen wir, sehr naheliegend ist …?«

Erwin überlegte und mußte zugeben, daß die Gedankenverbindungen des Arztes nicht völlig aus der Luft gegriffen waren. – Anderseits aber: was sollte Afru davon haben, ein Weib zu töten, in den Koffer zu packen und nach Indien zu schicken. Menschenfresser gab es dort nicht und wenn dennoch der Verdacht eines Mordes gewesen wäre, hätte die Polizei längst auf einer Öffnung des Gepäckes bestanden, überhaupt – dergleichen las man höchstens in Romanen, während die Wirklichkeit keinen Raum mehr dafür hatte!

Als er diesen Erwägungen Ausdruck gab, entwaffnete ihn jedoch der Doktor durch einen neuen Einfall.

»Sie brauchen das Wort »Leiche« nicht buchstäblich zu nehmen,« sagte er. »Es gibt lebendige Leichname! – haben Sie nie von Mädchenhändlern gehört, die ihre Opfer betäuben, um sie auf diese Weise leichter transportieren zu können? – Wie, wenn die Puppen jenes sagenhaften Maharadscha von Sukentala, der übrigens, wie ich festgestellt habe, tatsächlich existiert und mit Afru in Verbindung steht, wie – wenn das in Wirklichkeit europäische Frauen sind?«

Der Doktor sah Erwin gespannt an, und konnte zu seiner Genugtuung feststellen, daß seine Worte zum erstenmal ihre Wirkung nicht verfehlt hatten.

»Was meinen Sie dazu …?« flüsterte er daher erregt und hoffte, sein Gegenüber endlich für seine Absichten gewonnen zu haben.

Aber Erwin gab sich nicht so leicht aus der Hand. Bevor er sich daran machte, eine so heikle Angelegenheit aufzurühren, wollte er stichhaltige Beweise und nicht phantastische Vermutungen zur Verfügung haben. Jene aber konnte ihm erst Jeannette liefern.

»Vorläufig nichts,« antwortete er daher kühl. »Immerhin kann ich Ihnen zu Ihrer Beruhigung mitteilen, daß ich bereits Schritte eingeleitet habe, um selbst Klarheit über das Pariser Leben des Inders zu erhalten und daß ich gerne bereit bin, falls meine Beauftragten irgend etwas Positives ermitteln, die Öffnung des Koffers durch die Polizei zu veranlassen!«

»Und Sie selbst würden diese Öffnung unter keinen Umständen vornehmen?« fragte Renee enttäuscht. »Ich kann Ihnen einen Schlosser verschaffen, der ein wahrer Künstler in seinem Fach ist und auf dessen Verschwiegenheit Sie sich unter allen Umständen verlassen können.«

Erwin schüttelte den Kopf.

»Derartiges kommt für mich nur in Betracht, wenn sich die Polizei weigert, die Öffnung auf meine Bitte vorzunehmen. Und ich kann mir nicht denken, daß das der Fall sein wird.«

Die Herren erhoben sich. Pierre stürzte herbei, half ihnen in die regenfeuchten Mäntel und nahm unter nicht endenwollenden Bücklingen noch einige Goldstücke in Empfang.

Vor der Tür sagte Erwin, bevor sie ihre Automobile bestiegen: »Sie brauchen mich nicht als Ihren Gegner zu betrachten, lieber Doktor. Sie können sich vielmehr darauf verlassen, daß ich im eigenen Interesse alles unternehmen werde, um die Lösung dieses seltsamen Rätsels zu erzwingen.«

Sie schüttelten sich die Hände und fuhren in verschiedener Richtung davon. Dr. Renee war zwar nicht befriedigt, hatte aber doch das beruhigende Gefühl, nunmehr die Angelegenheit in den Händen einer Persönlichkeit zu wissen, die, wenn auch nicht übermäßig schnell, so doch sicher und besonnen bis zum Ziel vordringen werde.

Kapitel 9
Jeannette in Paris

Auf dem Schreibtisch der Gräfin d'Avricourt, so nannte sich die rote Jeannette seit ihrer Übersiedelung nach Paris, schrillte das Telephon. Juffo, den Erwin Gerardi dem Mädchen zu ihrem
persönlichen Schutz mitgegeben hatte, sprang hinzu, nahm den Hörer auf, horchte einen Augenblick hinein, und eilte davon, um seine junge Herrin zu rufen.

Eine Minute später stand sie im seidenen, echt japanischen Kimono am Apparat.

»Hallo! Hier Jeannette d'Avricourt! ... Und dort ...?

»Paul Antoine ...«

»Guten Abend, Antoine! – Was gibt es?«

»Sanjo Afru hat soeben im Café de la Cascade für sich eine Loge zum heutigen Abendkonzert
belegen lassen!«

»Sehr gut. – Ist in der Nähe dieser Loge noch etwas frei?«

»Nein. – Aber mit etwas Geld ...«

»Schön. Bieten Sie dem Geschäftsführer hundert Franken, wenn er mir die Nachbarnische
reserviert. Es kann auch mehr kosten. Aber ich muß sie unter allen Umständen haben! – Um
halb zehn bin ich da!«

Jeannette legte den Hörer hin und sah sich lächelnd nach Juffo um, der an der Tür stehen-
geblieben war.

»Es geht los, Juffo!« rief sie fröhlich und streifte mit einem zufriedenen Blick den hohen,
kostbaren Kristallspiegel, aus dem ihre blendende Gestalt schlank und lockend hervorleuchtete.
»Es geht los! Heute abend werde ich Afru kennenlernen!«

Juffo trat zwei Schritte näher. Auf seinem gelblichen Gesicht zeigte sich aufrichtige Besorgnis.

»Wenn es nur gut geht!« sagte er leise. »Dieser Afru ist ein unheimlicher Kerl und steht
mit allen Teufeln im Bunde. Ich habe, so wahr ich hier stehe, noch nie vor einem Menschen
Angst gehabt, aber als mich einmal zufällig der Blick des Inders traf, kroch mir das Grausen
über den Rücken. Ich glaube, der brächte es fertig, einem das Blut bei lebendigem Leibe aus
den Adern zu saugen!«

Jeannette lachte hell auf.

»Aber Juffo! Welche Phantastereien! Ich für meinen Teil glaube nicht im entferntesten an all
das ungereimte Zeug, das der Doktor Herrn Gerardi vorgefaselt hat. – Wer sagt denn, daß Frau
Elise getötet oder vom Inder entführt ist? Liegt die Annahme nicht viel näher, daß sie es satt
gehabt hat, mit der alten Unke von Doktor zusammenzuleben und mit irgendeinem hübschen,
jungen Kavalier durchgebrannt ist. Bei Gott, ich würde es nicht anders machen!«...

Juffo schüttelte den Kopf.

»Sie ist nicht einfach durchgebrannt, denn dann hätte die Polizei längst ihre Spur gefunden.
Ihr ist irgendein Unglück zugestoßen. – Auf alle Fälle erlaube mir, Jeannette, dich überallhin
zu begleiten, damit ich auf ein Zeichen, das wir verabreden können, sofort zur Stelle bin.«

Jeannette war ernst geworden. Im Grunde genommen wußte sie ganz genau, daß das Aben-
teuer, dem sie entgegenging, nicht ohne Gefahr sein würde. Es widerstrebte ihr nur, das auch
nach außenhin zuzugeben, wie sie denn überhaupt jeder trübseligen Stimmung möglichst aus
dem Wege zu gehen trachtete.

Sie öffnete ihre Handtasche und hielt sie Juffo hin: »Da,« sagte sie, »damit du siehst, daß
ich nicht ganz wehrlos bin!«

Juffo griff hinein und förderte ein duftendes Batisttaschentuch zutage. Aber darunter lag ein
bläulich blitzendes Etwas. Ein kleiner Browning. Und daneben ein Fläschchen.

»Was ist das?« fragte er.

»Gift!« raunte sie ihm zu. »Fünf Tropfen davon genügen, um einen Menschen in tiefen Schlaf
zu versetzen, die doppelte Dosis aber, um ihn auf der Stelle zu töten!«

Über Juffos Gesicht lief ein Schimmer des Einverständnisses. Der Inder würde es nicht leicht haben, diese Frau zu bezwingen. Unter Umständen konnte es ihm das Leben kosten. Trotzdem aber blieb er hartnäckig dabei, Jeannette begleiten zu wollen.

Sie gestattete es schließlich. Man konnte ja nicht wissen, was sich ereignen würde.

*

Es klappte alles wie am Schnürchen.

Paul Antoine, der Beauftragte Lessots in Paris, hatte Jeannette den gewünschten Platz gesichert und dem ganzen Personal mitgeteilt, daß sie eine Gräfin Avricourt aus der Gegend von Toulouse sei, die sich auf einer großen Vergnügungsreise befinde. Diese Daten gab er an, damit Sanjo Afru, falls er sich nach Jeannette erkundigen sollte, von vornherein auf eine falsche Fährte geriet und in keiner Weise Verdacht schöpfen konnte.

Der Inder traf um neun Uhr in Begleitung einiger eleganter Männer im Café de la Cascade ein und ließ sich seine Loge aufschließen. Er trug einen weißseidenen Turban mit scharlachroten Streifen und war sonst europäisch gekleidet. Um halb zehn betrat Jeannette den Saal. Ihr schlanker Körper wurde von einem schwarzen, ausgeschnittenen Sammetkleide umschlossen, das auch die Arme freiließ. Die Wirkung war blendend. Ihre schon an sich sehr weiße Haut schimmerte, sich gegen das Dunkel des Stoffes wunderbar abhebend, wie reinster italienischer Marmor, während die Wogen des brandroten Haares flackerten und sprühten. Unwillkürlich verstummten ringsum die Gespräche beim Auftauchen dieser fremden reizvollen Erscheinung, während sich die Ober von Tisch zu Tisch schlängeln mußten, um erregte Fragen zu beantworten.

»Die Gräfin d'Avricourt! ... Immense Reichtümer! ... Kürzlich verwitwet! ... hat ein gewaltiges Landgut bei Toulouse! ... Offiziell auf einer Rundreise um die Welt begriffen ... wahrscheinlich in Wirklichkeit aber auf der Suche nach einem neuen, und vor allem interessanten Lebensgefährten ...!

Ein kleiner, schlitzäugiger Mensch huschte in die Loge Sanjo Afrus und legte ihm einen Zettel vor, auf dem obige Notizen in wirrem Durcheinander verzeichnet waren.

Afru überlas das Gekritzel aufmerksam, schob dann das Blättchen seinen Begleitern zu und sagte bedeutsam:

»Die käme eventuell in Betracht ...!«

Mittlerweile hatte sich Jeannette an ihrem Tisch niedergelassen und betrachtete durch ihr gestieltes Monokel die Anwesenden. Auch den Inder musterte sie gleichgültig, legte dann das Glas hin und bestellte Sekt.

Die Ober liefen wie gehetzt. Der Geschäftsführer kam persönlich, um sich nach den Wünschen der »Gräfin« zu erkundigen. Die männlichen Gäste warteten mit Ungeduld auf das Zeichen, das den Beginn des Gesellschaftstanzes angeben sollte.

Um zehn Uhr nahm eine Jazzbandkapelle Platz auf der Tribüne. Gleichzeitig ertönten drei tiefe, summende Gongschläge. Die Instrumente begannen einen Tango. Die ersten Paare wiegten sich durch den Saal.

Ein schlanker, junger Mensch verneigte sich vor Jeannette. Er hatte dunkle, mandelförmige Augen und ein bittendes Lächeln um den Mund. Er gefiel ihr in seiner südländischen, knabenhaften Geschmeidigkeit. Ohne sich zu besinnen, nahm sie seinen Arm. Und sie tanzten.

Die Instrumente rasten. Geigen sangen und schluchzten. Flexophone heulten. Der Jazzband klirrte. Ein großer Taumel kam über Jeannette. Fest preßte sie sich an ihren Partner und tanzte mit geschlossenen Augen. Durch die halboffenen, roten Lippen strich zischend der Atem. Zuweilen grub sie ihre spitzen Nägel tief in die führende Hand des Mannes und fühlte dann jedesmal den schmerzhaften Gegendruck seiner Finger.

Einmal dachte sie an den Inder.

Ob der sie beobachtete. Ob er wütend war, daß sie sich mit einem anderen amüsierte, wenn das der Fall war – um so besser! Nichts konnte ihre Chancen mehr steigern, als wenn Afru sah, wie sie von anderen, und vor allem vornehmen Männern umschwärmt wurde. Denn daß ihr

Kavalier von altem Adel war, sah sie an dem großen, schweren Wappenring, der seine Linke schmückte.

Als die Musik verstummte, durfte er sie in ihre Loge begleiten. Sie war nicht fähig zu sprechen, so stark schlug ihr Herz, so heiß ging ihr Atem. Fürsorglich legte er einen seidenen Schal um ihre feuchten Schultern.

»Mein Auto steht unten...!?« flüsterte er dabei leise.

Jeannette nickte nur. Einen Blick warf sie in die Nachbarloge. Dieser Blick traf mitten in die Augen Afrus. Kalte, zornige Augen.

Sie lachte auf. Plötzlich und in wilder Hysterie.

Dann erhob sie sich.

»Gehn wir, mein Freund...!« sagte sie sehr laut, und warf dem Ober eine Hundertfrankennote zu.

*

Als Jeannette um eine vorgerückte Stunde des nächsten Tages, es war ein Mittwoch, erwachte, ließ sie sich das Telephon ans Bett bringen und läutete Paul Antoine an. Er schien das erwartet zu haben, denn er war sofort am Apparat.

»Gräfin, ich bin entzückt...!« waren seine ersten Worte.

»Wieso?«

»Sie sind das raffinierteste Weib unter Frankreichs Himmel! Wissen Sie überhaupt, mit wem Sie getanzt haben...?«

»Keine Ahnung. Er nannte sich mir gegenüber einfach George!«

»Er heißt nicht George, verlassen Sie sich darauf. Es ist der russische Großfürst Dmitrij Alexandrowitsch Jusupoff!«

»Fabelhaft! – Und Afru...?«

»Schäumte vor wütender Enttäuschung! – haben Sie den kleinen schlitzäugigen Mongolen gesehen, der überall umherflitzte, um Einzelheiten über Ihre Person zu ergattern? – Das ist einer der Beauftragten Afrus...!«

»Hm. – Und wie wird sich die Angelegenheit nun weiter entwickeln?«

»Wie? – Das überlassen Sie dem Inder! – Übrigens ist sein Auto Ihnen gestern nachgefahren und hat Ihre Adresse festgestellt. Das dürfte genügen...«

»Ich mache Ihnen mein Kompliment, Monsieur Antoine! Ich könnte mir keinen besseren Gehilfen wünschen...!«

»Oh. Das hat nichts zu sagen! Es ist ja mein Beruf!«

Indessen verging der Tag ohne besonderen Zwischenfall. Am Nachmittag brachte ein Dienstmann ein gewaltiges Rosenarrangement von »George«. Um die Zeit des Fünf-Uhr-Tees erschien er selbst und holte Jeannette ins Astoria, wo er eine fürstlich eingerichtete Zimmerflucht bewohnte. Dort verbrachten sie den ganzen Abend, wenngleich Jeannette einen Augenblick lang Lust hatte, wieder ins Café de la Cascade zu fahren, wo sie Afru vermutete. Aber auf die zärtlichen Bitten Georges hin unterließ sie dieses Vorhaben.

Auch der Donnerstag und Freitag brachten nichts Neues. Am Sonnabend mußte George nach London, und Jeannette hatte das Gefühl, Afru werde diese Gelegenheit benutzen, um zum ersten Angriff anzusetzen. Denn es bestand kein Zweifel, daß er sie und ihren neuen Freund aufs schärfste beobachten ließ.

Sie hatte sich nicht geirrt. Als sie vom Bahnhof zurückkam, fand sie eine Karte vor, in der ein Herr Jen-Tsu-Tai seinen Besuch in einer geschäftlichen Angelegenheit ankündigte. Jeannette zweifelte keinen Augenblick, daß es sich um einen Abgesandten Afrus handelte und traf die nötigen Vorbereitungen.

Herr Jen-Tsu-Tai erschien um sechs Uhr nachmittags in Jeannettes Salon. Er war klein und sehr elegant. Wenn er sprach oder lachte, verzog sich sein breites, lederfarbenes Mongolengesicht zu einem Bündel beweglicher Falten. Er verschlang Jeannette mit gierigen Blicken, ohne ihr aber durch Worte und Gebärden zu nahe zu treten.

Nachdem sie sich gesetzt hatten, und die übrigen einleitenden Phrasen gewechselt waren, kam Jen-Tsu-Tai allmählich auf den Zweck seines Besuches zu sprechen.

»Ich bin hier im Auftrag eines großen Herrn...« sagte er unterwürfig.

»Wer ist dieser Herr?«

»Der Prinz von Tschandu!«

Jeannette wußte, daß es sich um ein Pseudonym Afrus handelte, aber sie ließ nichts merken.

»Was wünscht der Prinz von mir?« fragte sie arglos.

»Der Prinz von Tschandu hat die schönste der Frauen zu Anfang dieser Woche im Café de la Cascade gesehen. Seitdem kennt er keinen anderen Wunsch, als sie immer an seiner Seite zu wissen!«

»Wie könnte das geschehen?«

»Er bietet Ihnen den Posten einer Privatsekretärin an, der erst kürzlich frei geworden ist!«

Jeannette antwortete nicht gleich. Eine leise Aufregung hatte sich ihrer bemächtigt und verwirrte für einen Augenblick ihr natürliches Überlegungsvermögen. Sie hatte das sichere Gefühl, hier läge eine Falle und war sich noch nicht im klaren, ob sie in diese hineinspringen dürfe. Wer garantierte ihr dafür, daß sie selbst oder ihre Freunde die Macht haben würden, sie später zu befreien.

»Ich kenne den Prinzen ja gar nicht...«, sagte sie daher zögernd und mit der Absicht, möglichst viel Zeit zu gewinnen.

»Sie werden ihn kennenlernen...«, antwortete der Mongole und sein Gesicht verzog sich zu einem vielsagenden Grinsen. »Mein Herr gibt sich die Ehre, die Frau Gräfin heute abend zu einem kurzen Beisammensein ins Hotel Metropole zu laden.«

»Heute abend? – – Schön, ich werde kommen.«

»Das Auto des Prinzen wird um neun Uhr hier unten warten.«

»Das ist nicht nötig. Ich habe einen eigenen Wagen!«

Es schien Jeannette, als husche ein Schatten der Enttäuschung über das sonst undurchdringliche Gesicht des Mannes. Aber gleich darauf hatte er sich schon wieder in der Hand.

»Ich wollte der Frau Gräfin nur einen Dienst erweisen.«

»Oh, danke mein Herr. – Ich fahre am liebsten mit meiner eigenen Limousine!«

Jen-Tsu-Tai verneigte sich tief. Als sie ihm die Hand reichte, spürte sie zum erstenmal einen feinen Moschusduft, der ihr von diesem Manne entgegenwehte. Unwillkürlich sog sie mit zusammengekniffenen Augen diesen aufreizenden Dunst einer fremden Rasse ein und lauschte dem erregten Brausen ihres leicht entflammbaren Blutes.

*

Die Stunden bis zum Abend vergingen für Jeannette unter einigen Vorbereitungen. Sie läutete Paul Antoine an und informierte ihn über die Ereignisse des Nachmittags. Er versprach ebenfalls ins Metropol zu kommen und sich einen Platz in der Nähe Afrus zu reservieren. Juffo mußte die Livree des Chauffeurs anziehen und wurde ans Steuer des Autos postiert. Außerdem sollten mehrere Kollegen Antoines mit Motorrädern bereitstehen, um für den Fall, daß man Jeannette gewaltsam entführen werde, einspringen zu können.

Erst kurz vor zehn betrat Jeannette das Metropole. Sie hatte diesmal ein scharlachrotes Seidenkleid gewählt und durch ihre Haare eine breite Goldkette gewunden. So wirkte sie wie eine züngelnde, schlank auflodernde Flamme.

Afru empfing sie mit ausgesuchter Liebenswürdigkeit. Sein Wesen hatte nichts Dämonisches, vielmehr unterschied er sich an diesem Abend in seiner fast unterwürfigen Ritterlichkeit durch nichts von dem ahnungslos den Kanal überquerenden George.

Jeannette war entzückt!

Genau wie seinerzeit Erwin und Ivonne durch die bezaubernden gesellschaftlichen Fähigkeiten Afrus geblendet worden waren, so verfiel auch Jeannette in kürzester Zeit in seinen Bann. Dabei vermied er es zu Anfang geflissentlich, den eigentlichen Grund ihres Zusammentreffens zu berühren, und unterhielt seine Dame aufs gewandteste durch packende Schilderungen von Abenteuern aller Art, die er in verschiedenen Erdteilen erlebt hatte.

Erst als es nahe an Mitternacht war, kam er auf das bewußte Thema.

»Mein Sekretär Jen-Tsu-Tai hat Ihnen berichtet, was für einen Vorschlag ich zu machen habe...« begann er und legte in seine schon an sich volltönende Stimme einen weichen und bittenden Klang.

Jeannette nickte.

»Ich verstehe nicht, wie Sie gerade auf mich kommen?« antwortete sie vorsichtig.

»Oh, sehr einfach! – Meine bisherige Gehilfin habe ich entlassen müssen, da es sich erwies, daß sie mein Vertrauen mißbrauchte. Nun wurde mir von Ihnen erzählt, daß Sie auf einer Weltreise seien. Da ich auch viel unterwegs bin, kam mir der Gedanke, daß wir uns vielleicht zusammentun könnten. So wäre uns beiden geholfen! Sie hätten männlichen Schutz, sachkundige Führung und nebenbei ein kleines Einkommen – ich biete Ihnen fünfzigtausend Franken im Monat – und mir stände ein Mensch zur Verfügung, der neben einigen Sprachkenntnissen auch ein umfassendes Beurteilungsvermögen der europäischen Verhältnisse mitbrächte.«

»Woher wissen Sie denn, daß ich Ihr Vertrauen nicht mißbrauchen würde...?« wandte Jeannette ein.

»Das ist etwas anderes! – Schon Ihre Herkunft bietet mir eine gewisse Gewähr dafür. Und dann – Sie sind reich, was hätten Sie davon, ein paar lumpige Dokumente zu unterschlagen?!«

»Sie haben recht. In dieser Beziehung können Sie sich auf mich verlassen. – Wie denken Sie sich nun die Wohnungsfrage?«

»Ich besitze ein Schlößchen in der Nähe von Versailles. Dorthin müßten Sie übersiedeln. Ich stelle Ihnen fünf Zimmer im ersten Stockwerk zur Verfügung.«

»Und meine Dienerschaft?«

»Könnten Sie entlassen. – Sie finden bei mir genug Leute vor, die jeden Ihrer Befehle erfüllen werden.«

Jeannette wußte genau, worauf der Inder hinauswollte. In dem Augenblick, wo sie allein in sein Haus übersiedelte, war die Verbindung mit der Umwelt zerstört und sie rettungslos seiner Gnade und Ungnade preisgegeben. Sie mußte also unter allen Umständen durchsetzen, daß Juffo sie begleiten durfte.

»Ich gehe auf alles ein,« sagte sie daher, »aber ich verlange, daß mein Diener, der auch gleichfalls mein Chauffeur ist, mich begleiten darf. Ich habe meinem Manne auf dem Sterbebette versprochen, daß ich diesen Menschen nicht im Stich lassen werde. Er hielt große Stücke auf ihn...«

Afru runzelte die Stirn. Scheinbar war ihm diese Forderung Jeannettes durchaus nicht bequem. Er überlegte eine Weile, neigte aber dann, da ihm scheinbar kein stichhaltiger Einwand einfiel, den Kopf und sagte:

»Wie könnte ich einer so schönen Frau etwas abschlagen...?!«

Kapitel 10
Die Ereignisse in der Villa Afru

Jeannettes Übersiedelung zu Afru wurde auf den Montag der folgenden Woche festgesetzt. Bis dahin hatte sie genügend Zeit, um alles vorzubereiten, was notwendig erschien, um nicht völlig der Gewalt des Inders ausgeliefert zu sein.

Juffo mußte zu einem Techniker, um sich in aller Eile über die kunstgerechte Öffnung von komplizierten Schlössern unterweisen zu lassen. Außerdem übte er täglich allerlei Handgriffe, die zur Abwehr von Überfällen und zur Unschädlichmachung etwaiger Gegner dienen sollten. Paul Antoine hatte mehrere bekannte Detektive zu Hilfe genommen und einen dauernden Überwachungsdienst rings um das verdächtige Grundstück eingerichtet. Auch Erwin Gerardi und Dr. Renee waren verständigt worden und warteten mit begreiflicher Spannung auf das Ergebnis von Jeannettes Unternehmen.

Um zwölf Uhr mittags hielt Jeannettes Auto, von Juffo gesteuert, vor der verschlossenen Tür der Villa. Gleich darauf schoben sich die Flügel auseinander und gewährten Einlaß in den geräumigen Hof, der von hohen Mauern umgeben war.

»Wie ein Gefängnis...!« dachte Jeannette erschauernd, als sich das Tor wieder lautlos hinter dem Wagen geschlossen hatte.

Zwei indische Boys sprangen hinzu, rissen den Schlag auf und halfen Jeannette beim Aussteigen. Im selben Augenblick erschien auch Afru in einem langwallenden indischen Gewand, einen silbernen Dolch am Gürtel, aber ohne Kopfbedeckung.

Afru verneigte sich tief, nahm dann das Mädchen mit einer feierlichen Bewegung an der Hand und führte es die breiten, teppichbelegten Stufen zum ersten Stockwerk hinauf. Juffo folgte ihnen aus dem Fuße.

Als sich die Tür zum ersten Gemach geöffnet hatte, entrang sich Jeannette unwillkürlich ein Schrei der Bewunderung. So etwas hatte sie noch nie gesehen. Die ganzen Wände und der Fußboden waren mit Teppichen verkleidet, während der Plafond von kostbaren Stoffen bedeckt wurde. Allenthalben hingen seltsam geformte Waffen: Dolche, und Streitäxte. In einer Ecke saß auf einem Postament ein aus Elfenbein geformter Buddha vor einer Bronzepfanne, aus der dunkelrote, wohlriechende Flammen aufloderten. Auf der gegenüberliegenden Seite lagen wahllos verstreut Haufen von bunten Kissen, die einen niedrigen Tisch aus echtem Ebenholz umgaben.

»Dies ist der Vorraum zu Ihrem künftigen Reich!« sagte Afru und machte dabei eine demütige Gebärde.

Jeannette war betäubt von all' der Pracht und Schönheit. Wie im Traum schritt sie durch die vier weiteren Räume, strich zuweilen fast ungläubig über einen besonders eigenartigen Gegenstand und sank schließlich in dem luxuriös nach modernstem europäischen Geschmack eingerichteten Schlafzimmer in einen weißlackierten Sessel nieder.

»Sind Sie zufrieden...?« fragte Afru und näherte sich ihr lächelnd.

Sie nickte. – Gewiß, sie war zufrieden, sehr zufrieden. Sie hatte etwas Derartiges nicht erwartet. Und doch! Konnte sie wissen, was man mit ihr in diesen Räumen vorhatte?! – Sie blickte sich nach Juffo um. Der hatte scheinbar wenig Sinn für den pompösen Luxus und betrachtete mit finsterer Miene die Fenster. Unwillkürlich lenkte auch sie ihre Aufmerksamkeit dorthin und fühlte im nächsten Augenblick ein kaltes Grauen. Die Fenster waren von außen vergittert.

Afru bemerkte den Umschwung in ihren Zügen und erkundigte sich eifrig nach dem Grunde ihres plötzlichen Unmutes.

»Warum diese Gitter...?« fragte sie mit bebender Stimme.

»Die Gitter?« – Er tat, als verstände er anfangs gar nicht, worauf sie hinaus wollte. »Die Gitter? – Sie meinen die Eisenstäbchen dort vor dem Fenster? Sehen Sie, das macht die Gewohnheit! Ich für mein Teil merke gar nichts mehr davon. Es handelt sich hierbei bloß um eine ängstliche Marotte des früheren Besitzers, der die Gitter aus Furcht vor Einbrüchen anlegen ließ. Ich persönlich bin also an dieser gewiß störenden Verzierung unschuldig und hätte sie längst entfernt, wenn das nicht so umständlich wäre. Die Stäbe sind nämlich sehr tief in das Mauerwerk eingelassen.«

Jeannette glaubte kein Wort von dem, was ihr der Inder erzählte. Aber es blieb nichts anderes übrig, als sich zu fügen.

»Wo wird mein Diener wohnen?« erkundigte sie sich, um das Gespräch auf ein anderes Gebiet zu lenken.

»Über der Garage steht noch eine Chauffeurwohnung frei...«

Aber Jeannette schüttelte den Kopf.

»Das kommt nicht in Betracht!« sagte sie bestimmt. »Ich wünsche diesen Menschen, wie ich es Ihnen schon früher sagte, immer in meiner Nähe zu haben.«

Juffo glaubte an der Stirn des Inders ein kleines Äderchen dunkel anschwellen zu sehen. Aber er mußte sich wohl geirrt haben, denn Afrus Stimme klang liebenswürdig und unverändert.

»Dann ist nur noch eine Stube am Flur frei...«

Jeannette erhob sich.

»Gehen wir. Ich möchte sie betrachten.«

Sie wandelten wieder zurück durch die hohen Räume, deren Ausstattungen im Glanz der blendenden Sonnenstrahlen funkelten und glühten. Aber Jeannette achtete nicht mehr darauf. Ein beklemmendes Gefühl hatte sich ihrer bemächtigt, ein Gefühl, als rücke irgendeine Gefahr mit grausamer Unabwendbarkeit von Tag zu Tag und Stunde zu Stunde näher, um sie zu zermalmen.

Afru öffnete eine kleine Tür neben dem teppichausgelegten Vorraum und ließ Jeannette vorausgehen. Dieses Zimmer wies keinen besonderen Komfort auf, war aber ebenfalls nicht ungemütlich und erschien zur Dienerwohnung durchaus geeignet. Aber auch hier waren die Fenster vergittert.

Jeannette sah sich um und sagte dann kurz:

»Hier wird Juffo wohnen!«

Afru nickte zustimmend, trat dann auf den Flur hinaus und klatschte in die Hände. Darauf erschienen mehrere dunkelfarbige Leute, die sich daran machten, Jeannettes Gepäck vom Hof in das erste Stockwerk hinaufzuschaffen.

Als Jeannette und Juffo allein waren, klopften sie zuerst die Wände ihrer neuen Wohnung ab, um sich zu vergewissern, daß sich nirgends eine Geheimtür befand.

»Wie willst du Paul Antoine benachrichtigen?« erkundigte sich dabei Jeannette.

»Durch Lichtzeichen, wir haben alles verabredet. Jeden Abend, falls alles in Ordnung ist, lasse ich am Fenster meines Schlafzimmers ein weißes Licht erstrahlen. Ist Gefahr im Verzuge, so wird das Signal rot und wünschen wir sofortige Hilfe, so bleibt es ganz aus.«

»Gut. – Telephonisch darf ich mich mit Paul Antoine natürlich nicht in Verbindung setzen, denn ich könnte belauscht werden. – Glaubst du, daß es dir gelingen wird, eins der Gitter mit der Zeit durchzufeilen!«

»Ich bin davon überzeugt. – Allerdings kommt dafür nur mein Schlafzimmer in Betracht, da dort das einzige Fenster ist, das direkt auf die Straße hinausführt. Die anderen führen auf den Hof, der sicher Tag und Nacht aufs schärfste bewacht wird.«

Ein leises Pochen an der Tür ließ sich vernehmen. Gleich darauf trat eine schlanke, junge Inderin ein und bat Jeannette, ihr zu einer Schale Tee in die Gemächer des Prinzen von Tschandu folgen zu wollen.

*

Als Jeannette nahezu vierzehn Tage in der Villa Afrus gewohnt hatte, ohne daß sich etwas Verdächtiges ereignete, ließ sich der Inder eines Morgens melden und teilte ihr mit, daß er am Abend eine kleine Festlichkeit zu geben beabsichtige, der beizuwohnen er auch sie bat.

»Es werden nur meine besten Freunde anwesend sein,« sagte Afru erklärend. »Ein paar Inder, ein englischer Großindustrieller sowie etliche Franzosen. Letzteren Herren bitte ich Sie, verehrte Gräfin, sich besonders widmen zu wollen und ihnen gegenüber ganz die Hausfrau zu spielen, damit sie sich in diesen Räumen wohlfühlen.«

Es war ein grauer, unfreundlicher Herbsttag, als sich dieses ereignete. Der Regen trommelte ununterbrochen an die Scheiben und ein kalter Wind rüttelte an den Bäumen der umliegenden Gärten. Jeannette wäre am liebsten der Aufforderung Afrus ausgewichen, denn ein derartiges Wetter wirkte von jeher deprimierend auf ihren Gemütszustand. Anderseits aber sagte sie sich, daß diese Gesellschaft vielleicht gerade dazu angetan sei, hinter Geheimnisse zu kommen, die ihr bisher verborgen geblieben waren.

So begab sie sich in ihr Ankleidezimmer, öffnete den breiten Kleiderschrank und begann nach einem Gewand für den Abend zu suchen. Dabei fiel ihr Blick zufällig auf einen kleinen Ring, der an der Rückseite des Schrankes befestigt war und allem Anschein nach zu einem geheimen Schubfach führte. Einen Augenblick zögerte Jeannette bei dieser Entdeckung, dann aber verschloß sie schnell die Tür und machte sich daran, das Rätsel zu ergründen. Nach etlichen mißlungenen Versuchen gelang es ihr schließlich, den Ring dreimal nach links zu drehen, woraus er nachgab und sich nach vorn rücken ließ. Gleichzeitig senkte sich die daran befestigte Klappe und gewährte Einblick in eine kleine Schatulle. Jeannette entzündete das elektrische Licht und durchsuchte das Fach. Obenauf lag ein Spitzentuch, das stark nach Parfüm duftete. Darunter einige mit einem schwarzen Band umwundene Briefe und in einer Ecke ein längliches Futteral. Jeannette öffnete es mit vor Aufregung zitternden Händen und fand eine dünne Platinkette, an der ein großer, sehr schöner Perlentropfen befestigt war, und einen einfachen Goldreifen, in dem ein zusammengefalteter Zettel steckte. Sie faltete das Blättchen auseinander und mußte sich setzen, so sehr überraschte sie der Inhalt.

»Ich weiß, daß ich verloren bin. Mein Weg führt von diesem entsetzlichen Hause in eine schmachvolle Knechtschaft oder den Tod. – Ich warne die Frau, die diese Räume nach mir in Benutzung haben wird! – Sollte sie die Möglichkeit finden, sich zu retten, so habe ich nur die eine Bitte, die anliegenden Briefe und Schmuckgegenstände meinem armen Manne, Dr. Renee in Marseille, übergeben zu wollen.

Elise Renee.«

Wenngleich dieser Brief gewiß nicht dazu angetan war, einem Menschen beruhigende Gefühle einzuflößen, so freute sich Jeannette dennoch, ihn gefunden zu haben. – Sie wußte nun plötzlich, woran sie war, wußte, daß Elise Renee hier gewohnt und auch von hier aus die Reise in ein ungewisses Schicksal angetreten hatte. Diese kurzen Bleistiftzeilen mußten in die Hände der Polizei gespielt, genügen, um eine Verhaftung des Inders und eine polizeiliche Durchsuchung der Villa zu bewirken.

Sorgsam verschloß sie Briefe und Schmuck wieder in das Geheimfach und klingelte dann nach Juffo, um mit ihm das weitere zu besprechen.

»Es ist das beste, wir fliehen noch heute Nacht!« sagte der Italiener, nachdem er alles erfahren hatte.

»Sind die Gitter durchgefeilt?«

»Bis auf eine Kleinigkeit, und die werde ich bewerkstelligen, bis ihr unten feiert. Wenn du heraufkommst, ist alles fertig!«

»Schön. Wenn ich den Eindruck habe, daß alles schläft, werde ich dreimal an deine Tür klopfen. Im übrigen begünstigt das schlechte Wetter und die Wirkung des Alkohols, dem sich Afru heute abend allem Anschein nach aussetzen wird, unser Vorhaben.«

Juffo begab sich in seine Stube, verriegelte sie und machte sich dann mit zähem Fleiß daran, den letzten Eisenstab durchzufeilen. Unterdessen wurde es dunkler und dunkler, während der Regen immer heftiger niederprasselte und der Sturm in den hohen Räumen der vorüberführenden Versailler Chaussee heulte.

Um neun Uhr hörte er die leichten Schritte Jeannettes auf dem Flur vorüber- und die Treppe zum Erdgeschoß hinabhuschen. Sie begab sich zum Fest. Gleich darauf fuhren kurz hintereinander mehrere Autos mit blendenden Scheinwerfern in den Hof. Juffo konnte sehen, wie die indischen Kulis hinzusprangen und den in Gummimäntel gewickelten Herren heraushalfen. – Dann war es lange still. Nur zuweilen, wenn die Türen von der unteren Diele zu den Gemächern Afrus geöffnet wurden, ließ sich fernes Lachen und Radiomusik hören.

Um elf Uhr ließ Juffo drei rote Lichtsignale aufleuchten. Außerdem begann er eine seidene Strickleiter auseinanderzuwickeln und am Fensterkreuz zu befestigen.

Kurz nach Mitternacht erscholl Stimmengewirr auf der Diele, elektrische Lampen erstrahlten im Hof und die Wagen der Gäste sprangen fauchend an. Es wunderte Juffo, daß auch nach ihrer Abfahrt der Hof erleuchtet blieb und plötzlich die Tore der Garage, in der sich Afrus berüchtigtes Auto befand, aufgeschlossen wurden. Ein unangenehmes Gefühl bemächtigte sich seiner, während er sich möglichst weit aus dem Fenster lehnte, um den Hof besser übersehen zu können.

Und dann überlief ihm ein furchtbares Grauen. Der schwarze Koffer wurde von vier Dienern aus dem Hause getragen und in die Limousine verpackt! Nur einen Augenblick war der Italiener unschlüssig, dann wandte er sich um, stürzte zur Tür, schob den Riegel zurück und versuchte zu öffnen. Aber es gelang ihm nicht! Die Tür war, während er arbeitete, und ohne daß er es bemerkt hatte, von außen abgeschlossen worden.

Was sollte er tun? – Aus dem Fenster nach Hilfe rufen? Das hatte keinen Zweck, denn dann würden die Kulis höchstens ihre Arbeit beschleunigt und ihn ein für allemal unschädlich gemacht haben. Das einzige, was er tun konnte, war, das bereits dazu präparierte Gitter leise auszuheben, sich an der Strickleiter hinunterzulassen und Erwin Gerardi in Marseille telephonisch zu benachrichtigen. Der hatte es ja schließlich in der Hand, morgen mit dem Koffer vorzunehmen, was er wollte.

Unten wurde es plötzlich dunkel. Die Lampen auf dem Hof erloschen und die Tür der Limousine klappte dumpf zu. Gleichzeitig knarrte das Tor auf und der große, dunkle Wagen schob sich lautlos und gespensterhaft in die regendurchbrauste Herbstnacht hinein.

Juffo wartete, bis im Hause alles still war. Einmal hörte er deutlich leise nackte Schritte die Treppe emportappen, an seiner Tür halten und sich dann nach einigen Minuten wieder nach unten verlieren. Scheinbar hatte jemand gelauscht, ob er etwas von den Vorgängen bemerkt habe und dadurch unruhig geworden sei.

Um zwei Uhr zog er seine Lederjoppe an, steckte den Revolver zu sich und brach dann leise und mit größter Vorsicht das Gitter aus. Mit einem scharrenden Geräusch glitt die Seidenschnurleiter an der Wand entlang in die Tiefe. Noch einmal lauschte der Mann zurück, überflog dann mit einem kurzen Rundblick das Zimmer und schwang sich hinaus.

Blitzschnell überquerte er die Versailler Chaussee, lief einen schmalen Weg entlang und gelangte schließlich an ein kleines, einsam daliegendes Haus, an dessen geschlossene Fensterläden, durch die ein schwacher Lichtschimmer strahlte, er klopfte. Ein Hund schlug an und wurde von einigen Männerstimmen gerufen. Gleichzeitig öffnete sich die Tür und Paul Antoines Gestalt erschien im hell erleuchteten Rahmen.

»Du, also bist's, Juffo?! – – Teufel! Kerl, du bist ja ganz blaß!! – – Was ist geschehen?«

Den Italiener übermannte eine plötzliche Schwäche, so daß er sich setzen mußte. Die Aufregungen der Nacht waren zu groß gewesen und die Reaktion machte sich nun geltend.

»Sie ist fort...!« stammelte er schließlich fassungslos.

»Wer ...? Die Jeannette...?«

»Natürlich! Wer sonst ...? Im schwarzen Koffer!«

»Alle guten Geister, wir läuten sofort Gerardi und Henri Lessot an. Außerdem werde ich gleich ein Motorrad hinter dem Auto herschicken, das beachten soll, ob die Gauner ihre Leute diesesmal nicht womöglich irgendwo andershin transportieren...!«

Kapitel 11
Aufregende Stunden

Erwin Gerardi träumte, er fahre auf einem tadellosen Salondampfer des Hamburger Lloyds über See. Neben ihm saß Jeannette und drehte den Ring des Rithnar zwischen den Fingern. Dann plötzlich schlug eine gewaltige, dunkelgrüne Woge über das Deck und riß das Mädchen fort. Gleichzeitig erdröhnte ein raschelndes Geräusch, das immer mehr anwuchs. Sanjo Afru erschien wie aus dem Boden gewachsen neben ihm und legte ihm eine riesengroße Faust auf die Schulter. Dabei schrie er immerzu: Erwach doch! Erwach doch!

Erwin schlug die Augen auf.

Über dem Bett brannte eine dunkelblaue Ampel. Ivonne rüttelte ihn.

»Erwach doch! Erwach doch! Das Telephon klingelt ununterbrochen. Schon eine ganze Weile!«

Es dauerte einige Sekunden bis Erwin Wirklichkeit und Traum voneinander zu scheiden vermochte. Das Telephon ...? Jetzt in der Nacht? Wieviel war es überhaupt? – Über drei Uhr! Wer mochte das sein?!

»Nimm den Hörer, so wirst du's erfahren!« sagte Ivonne lakonisch und kuschelte sich wieder behaglich in die seidenen Kissen.

Erwin tat, wie ihm geraten wurde.

»Hier ... Gerardi ...!«

»Hier Antoine.«

»Freut mich. Was wollen Sie zu dieser nachtschlafenden Zeit ...?«

»Jeannette ist geraubt und wird allem Anschein nach im schwarzen Koffer nach Marseille geführt!«

»Und Juffo?«

»War in sein Zimmer eingeschlossen worden, ist aber trotzdem entkommen und hat mir die Nachricht gebracht.«

»Donnerwetter!«

»Am Nachmittage, bevor dies alles geschah, hat Jeannette in einem Geheimfach ihres Kleiderschrankes einige Briefe und Schmucksachen gefunden, denen ein Zettel von Elise Renee beilag, in dem diese ihre Nachfolgerinnen warnt und Renee grüßen läßt!«

»Hat Juffo die Dokumente in Händen?«

»Nein. Jeannette schloß sie der Sicherheit halber wieder in das Geheimfach zurück.«

»Das ist bedauerlich. – Trotzdem glaube ich, werden diese Nachrichten genügen, um Afru verhaften und sein Haus sowie den Koffer polizeilich durchsuchen zu lassen!«

»Das ist auch meine Ansicht.«

»Schön. – Ich werde sofort zur Präfektur fahren und alles Notwendige veranlassen. Sie bewachen die Villa nach wie vor aufs schärfste!«

Erwin sprang aus dem Bett. Mit einem Schlage war die Müdigkeit fort. Er fühlte eine heftige Erregung, die in den noch schlaftrunkenen Gliedern ein leises Leben erzeugte.

»Was gibt's« fragte Ivonne, die ihrem Manne ansah, daß sich etwas Besonderes ereignet haben mußte. »Warum willst du jetzt in der Nacht auf die Polizei?«

Erwin erzählte, während er sich hastig ankleidete, was ihm Antoine berichtet hatte.

»Glaubst du, daß das wahr ist?«

»Natürlich!« – Erwin war ziemlich erstaunt, daß seine Frau noch zweifeln konnte. »Warum sollte es denn nicht wahr sein?«

»Weil ich mir nicht denken kann, daß Afru, wenn er schon wirklich ein Verbrecher ist, so leicht gefaßt werden könnte!«

»Jeder Krug geht so lang zu Wasser, bis er bricht! – Im übrigen dauert die ganze Affäre schon lange genug, und man kann nicht wissen, wieviel Opfer Jeannette und Elise Renee vorausgegangen sind. – Schließlich werden wir ja sehen, wenn der Koffer geöffnet ist!«

Der alte Diener Louis, den Erwin wie so manches von Doufrais übernommen hatte, brachte Mantel, Hut und Handschuhe. Unter dem Fenster schütterte verschlafen das Auto. Der große Wolfshund Jim, ein Geburtstagsgeschenk Erwins an Ivonne, begann durch den zu dieser nächtlichen Stunde ungewohnten Lärm in Aufregung versetzt, laut zu bellen.

Erwin küßte seine Frau auf den Mund und begab sich nach unten.

»Hoffentlich geht nur alles gut!« rief sie, nun doch ängstlich geworden, hinter ihm her.

Marseille schlief noch.

Am Prado brannten vereinzelte Laternen. Nirgends war ein Fußgänger zu sehen und nur einige verspätete Automobile glitten gespensterhaft durch das Dunkel. An den Kreuzungen standen die Nachtpolizisten mit hochgeschlagenen Mantelkragen und herabgezogenen Käppis, wobei man den Eindruck hatte, daß sie im Stehen schliefen.

Am Place Castellane schaukelte vor der Präfektur hoch in der Luft, von dem heftigen Herbststurm in ununterbrochene Pendelbewegungen versetzt, eine grelle, etwas rötliche Bogenlampe. Zwei Posten traten auf das haltende Auto zu. Sie erkannten sofort Gerardi, der durch seine finanziellen Erfolge stadtbekannt geworden war, salutierten achtungsvoll und geleiteten ihn in das plump und schwarz daliegende Gebäude.

Mit ein paar Worten erklärte er dem wachhabenden Offizier den Grund seines Besuchs und bat, den Präfekten persönlich sprechen zu dürfen.

»Einen Augenblick!«

Der Offizier klirrte hinaus, und Erwin hörte in einem Nebenzimmer das Gerassel des Telephons. Er war ganz sicher, daß er selbst zu dieser Stunde vorgelassen werden würde, denn er hatte den Präfekten bereits vor einer Woche über die Sachlage orientiert.

Da kam auch schon der Offizier zurück.

»Seine Exzellenz bitten den Herrn, eine Viertelstunde warten zu wollen.«

»Danke.«

Erwin nahm in einem Ledersessel Platz und freute sich, als ihm eine Ordonnanz auf Anordnung des Präfekten ein großes Glas Glühwein und einige Keks servierte.

Es begann leicht zu dämmern, als der Polizeigewaltige eintrat. Ein leichter Duft von Eau de Cologne umgab ihn. In seinem Gesicht war nichts von Müdigkeit zu bemerken. Diesem Manne war es zur zweiten Natur geworden, jeden Augenblick auf dem Sprung sein zu müssen.

Er schüttelte Erwin liebenswürdig die Hand, bot ihm eine Zigarre an und ließ sich dann ebenfalls nieder.

»Es muß sich etwas Außergewöhnliches ereignet haben, daß Sie mich zu dieser Zeit aufsuchen!« sagte er und sah seinen Gast gespannt an.

Als er alles gehört hatte, drückte er auf einen Knopf und befahl dem eintretenden Wachtmeister, ein Gespräch nach Paris anzumelden.

»Ich werde sofort eine Durchsuchung der Villa anordnen,« erklärte er Erwin. »Erst wenn sich dabei belastendes Material finden sollte, kann zu einer Verhaftung des Inders geschritten werden, hier in Marseille läßt sich vorläufig natürlich nichts anderes unternehmen, als die genaue Zollkontrolle des Koffers polizeilich zu überwachen.«

»Ich glaube, das wird genügen!« antwortete Erwin befriedigt und erhob sich. »Ich für meinen Teil werde dafür sorgen, daß jeder Schritt, den Afru und seine Leute unternehmen, bis zu ihrer Verhaftung beobachtet bleibt.«

Er fuhr von der Präfektur direkt zu Dr. Renee, um alles Notwendige zu besprechen, und holte unterwegs den Detektiv Henri Lessot ab.

Unterdessen brauste das Automobil Afrus mit großer Geschwindigkeit die Straße Paris-Nevers in südlicher Richtung entlang. Es war mit vier Männern besetzt, deren zwei vorne am Steuer und zwei im Innern des Wagens neben dem mysteriösen Koffer Platz genommen hatten. Keiner von ihnen sprach ein Wort. Aber auch keiner schloß auch nur eine Minute, von der regendurchströmten Dunkelheit übermannt, die Augen. Wie vier schlanke, wachsame Panther hockten sie, ein wenig gebückt, in dem Auto und versuchten, die Finsternis mit der Kraft ihrer lauernden Blicke zu durchbohren.

Bei Anbruch des Tages erreichten sie die Stadt Briare und überquerten den Loirestrom. Von grauen Nebelschwaden überwallt, lag vor ihnen die wellige Ebene des Departements Cher. Der Regen begann nachzulassen, und im Osten sah man ein Stückchen klaren Himmels.

In diesem Augenblick bemerkte einer der Inder einen Motorradfahrer, der ebenfalls das Städtchen Briare verließ und in einem Abstand von etwa fünfhundert Meter hinter ihnen herfuhr.

Es fiel auf, daß dieses Motorrad – obgleich es ihm hätte leicht werden müssen – nicht die geringsten Anstalten machte, das nur verhältnismäßig langsam fahrende Auto zu überholen.

»Jen-Tsu-Tai! Ein Spion verfolgt uns!« sagte einer der Männer zum Chauffeur.

Der lachte kurz und heiser. Gleich darauf verstärkte sich das Dröhnen der Maschine, schwoll an wie der Ton einer tiefen Orgelpfeife und erfüllte den ganzen Wagen mit donnerndem Beben.

Das Zünglein am Tachometer schlug stark aus und begann dann hurtig an der Zahlenskala emporzuklettern. 70, 80, 90, 95, 100 Kilometer! Auch der Motorradfahrer hatte Tempo zugelegt und versuchte zu verhindern, daß der Abstand größer wurde.

Eine ganze Weile rollten die beiden Maschinen, die kleine und die große, in solcher Geschwindigkeit dahin, ohne daß es sich herausgestellt hätte, welche der anderen überlegen wäre. Dann hinter der Stadt Lancerre steigerte das Automobil seine Fahrt um 25 Kilometer. Gleichzeitig streute einer der Inder eine handvoll scharfer Stahlnägel auf die Chausseesteine.

Zwei Minuten später knallte es unter dem nun ebenfalls mit Vollgas dahinrasenden Motorrad laut wie ein Gewehrschuß. Der Chauffeur sprang ab und stellte fluchend fest, daß beide Reifen durch tiefe Risse beschädigt waren. Die Reparatur konnte einige Stunden in Anspruch nehmen!

Kurz vor Mittag rasteten die Inder, nun von keinem Verfolger mehr belästigt, in St. Etienne. Jen-Tsu-Tai ließ sich mit der Villa Afrus verbinden, um über das Erlebnis mit dem Motorradfahrer zu berichten und eventuelle Aufträge entgegenzunehmen. Allein er erhielt aus Versailles keine Antwort. Die Zentrale teilte ihm mit, einigen anderen Anrufern sei es ebenso gegangen, so daß es den Anschein habe, in der Villa sei niemand zu Hause.

Jen-Tsu-Tai wußte, daß diese Mutmaßung nicht der Wirklichkeit entsprechen konnte, da unter normalen Umständen immer jemand im Telephonzimmer Afrus Dienst hatte. Gleichzeitig bestärkte auch das seltsame Verhalten des Motorradfahrers seinen Verdacht, irgend etwas Besonderes müsse vorgefallen sein. Er beschloß daher, seinen Weg, statt wie gewöhnlich über Avignon, diesesmal über das Städtchen Nimes zu nehmen, wo für alle Fälle noch ein Wagen untergestellt war, der dem augenblicklich unterwegs befindlichen absolut gleichsah. Dort hoffte er auch Befehle Afrus vorzufinden. – All diese Vorsichtsmaßregeln waren schon von früher her verabredet, um sich gegebenenfalls unliebsamen Beobachtungen fremder Elemente mühelos entziehen zu können.

Der Weg über das Sevennengebirge war durch den anhaltenden Regen der letzten Tage derart schlecht geworden, daß das Auto nur sehr langsam vorwärts kam und erst bei Anbruch der Dunkelheit in Nimes eintraf. Ganz wie der Chinese vermutet hatte, fand sich dort beim Garagenwächter ein für ihn bestimmtes Telegramm aus Versailles. Es hatte folgenden Wortlaut:

> »Ohne Aufenthalt Koffer nach Cette weitertransportieren. Dort Motorjacht mieten und nach Bonifazio auf Korsika überführen, wo Viktor Emanuele anlegen wird. Größte Vorsicht geboten! Sanjo.«

Jen-Tsu-Tai pfiff leise durch die Zähne, dachte einen Augenblick nach und befahl dann dem Wächter, den Reservewagen herauszuführen. Dieser Wagen unterschied sich in nichts von dem aus Paris angekommenen, denn auch in seinem Inneren stand ein schwarzer, umfangreicher Koffer, dessen ansehnliches Gewicht darauf hinwies, daß er ebenfalls vollgepackt sei.

Die Mannschaft wurde so verteilt, daß der Garagenwächter und zwei indische Diener auf dem Reservewagen nach Marseille fuhren, während Jen-Tsu-Tai mit dem dritten Inder den Weg nach der Hafenstadt Cette einschlugen.

*

Der Antrag des Marseiller Präfekten, die Villa Afru in Versailles zu durchsuchen, war in den Morgenstunden im Pariser Polizeipräsidium eingelaufen. Bald darauf meldete sich ein Kriminalkommissar im Häuschen Antoines und bat um dessen Mitwirkung. Um Mittag war das fragliche Grundstück von allen Seiten umstellt und der Kommissar läutete am Torweg.

Es dauerte eine Weile, bis sich jemand zeigte, und als dies endlich geschah, konnte der indische Wächter erst nach langen Erklärungen und Drohungen dazu bewogen werden, die Türen zu öffnen.

»Wo ist Sanjo Afru?« herrschte ihn Antoine an.

»Mein Herr schläft,« antwortete der Inder, ohne sich zu rühren.

»Wir werden ihn wecken!«

Die Polizisten verteilten sich über das ganze Haus. Der Kommissar blieb im Erdgeschoß, um sich Afrus zu versichern, während Antoine und Juffo nach oben stürmten, um das Geheimfach zu durchsuchen und die Papiere in Sicherheit zu bringen.

Als sie jedoch das Schlafzimmer betraten, stieß der Italiener einen Ruf des Erstaunens aus.

»Was gibt es?« erkundigte sich Antoine befremdet.

»Die Möbel sind vollständig umgestellt worden und das Gepäck Jeannettes ist fort!«

»Ist der Schrank noch vorhanden?«

»Er steht in jener Ecke.«

Da der Schlüssel abgezogen war, brachen sie ohne Umstände die Türflügel auf. Der Schrank war leer. Nach einigem Suchen und mit Hilfe einer Blendlaterne fanden sie das Geheimfach, öffneten es in der von Jeannette beschriebenen Weise und stießen einen Fluch der Enttäuschung aus.

Jemand anderes war ihnen zuvorgekommen und hatte das Fach ausgeräumt!

Wütend gingen sie hinunter.

Dort saß der Kriminalkommissar bereits Afru gegenüber und unterwarf ihn einem Kreuzverhör. Antoine glaubte, als er und Juffo hinzutraten ein grausames, schadenfrohes Lächeln über das Gesicht des Inders huschen zu sehen.

»Wo ist die Gräfin d'Avricourt?« fragte der Kommissar.

»Ich weiß es nicht.«

»Wann haben Sie die Gräfin zum letztenmal gesehen?«

»Gestern abend gelegentlich des hier in diesen Räumen abgehaltenen Festes. Als das Fest zu Ende war, ließ die Gräfin ihr Auto vorfahren und entfernte sich gleichzeitig mit meinen Gästen.«

»Aus welchem Grunde mag sie das wohl getan haben, da sie doch seit geraumer Zeit hier bei Ihnen im Hause wohnt.«

»Oh, das weiß ich nicht. Frauen sind immer unberechenbar. Aber es waren etliche sehr schöne und interessante Männer anwesend, so daß...«

»Wo sind die Sachen der Gräfin?« unterbrach Antoine diese recht spöttisch hervorgebrachte und nicht mißzuverstehende Andeutung des Inders.

»Die Sachen? – Die hat die Gräfin natürlich mitgenommen. Sie muß vorher die Absicht gehabt haben, zu verreisen, denn als ich meine Diener hinaufschickte, stand bereits alles in Koffer verpackt und fertig zum Abtransport.«

Der Kommissar wandte sich an Juffo.

»Ist es möglich, daß die Gräfin ihre Sachen bereits gestern vor dem Fest gepackt hat?«

Juffo nickte kleinlaut.

»Gewiß wäre es möglich. Jeannette hatte ja sowieso die Absicht, in der Nacht zu fliehen und mag sich daher in jeder Weise darauf vorbereitet haben.«

Ein etwas peinliches Schweigen entstand.

Plötzlich sagte Afru:

»Übrigens wird es die Herren vielleicht interessieren und gleichzeitig auch günstig für die Klärung dieses Zwischenfalles sein, daß ich gestern den Eindruck hatte, die Gräfin habe – na, sagen wir –, einen kleinen geistigen Defekt!«

Obgleich Antoine genau wußte, daß Afru nun eine Lüge vorbringen werde, um den Verdacht von sich abzuwälzen, fragte er doch:

»Worin bestand dieser ... Defekt?«

»Die Gräfin geriet, nachdem sie etwas Champagner zu sich genommen hatte, in einen Zustand merkwürdiger Hysterie. Sie erklärte ganz laut, ich sei ein Mädchenhändler und habe vor ihr bereits eine gewisse Frau Renee, die mir allerdings auch bekannt ist, eingekerkert und verschleppt. Den Beweis dafür wollte sie in einem Geheimfach ihres Kleiderschrankes in Form eines Briefes und etlicher Schmucksachen gefunden haben.«

»Wo ist dieser Brief?« warf nun der Kommissar mit scharfer und drohender Stimme dazwischen und hoffte den Inder auf diese Weise aus dem Konzept zu bringen.

»Ich sagte Ihnen doch, daß es sich um eine Art Hysterie oder Verfolgungswahn gehandelt haben muß, denn als wir heute morgen beim Umkramen des Schlafzimmers jenes Geheimfach untersuchten, war es leer. Auch diese beiden Herren,« er wies auf Juffo und Antoine, »werden das bestätigen können!«

In diesem Augenblick stürzte Juffo außer sich vor Wut mit geballten Fäusten auf den Inder los und schrie:

»Sie sind ein Lügner und Mörder! Sie selbst haben das Fach ausgeräumt, um die Spur zu verwischen! Sie selbst ..«

Er wollte auf den Mann einschlagen, wurde aber von Antoine zurückgerissen. Afru hatte sich während dieser ganzen Szene nicht gerührt. Nur ein merkwürdig trauriges Lächeln umspielte seine schmalen Lippen, als er weich und ruhig sagte:

»Warum beleidigen Sie mich so? – Ihnen ist in meinem Hause nur Gutes widerfahren!«

»Aus ›Güte‹ schlossen Sie mich wohl auch ein, während Jeannette geknebelt und in den Koffer eingeschlossen wurde?!« stöhnte Juffo entrüstet.

»Dahin läuft also Ihr Verdacht hinaus, meine Herren!« rief Afru mit etwas erhobener Stimme und nicht ohne Ironie. »Dahin!? – Nun, ich stelle es Ihnen frei, obgleich Sie vorläufig nicht die geringste gesetzliche Berechtigung dazu haben, mich heute im Polizeigewahrsam zu behalten, und unterdessen den Koffer in der Villa meines Freundes Gerardi, wohin er gebracht worden ist, zu untersuchen. Allerdings wäre ich zu jeder Wette bereit, daß Sie darin nur Puppen finden werden! – Und die habe nicht ich eingeschlossen, sondern Ihre Herrin selbst, die sich scheinbar auf ihren weiteren Reisen nicht mehr von Ihnen beobachtet sehen wollte!«

Diese Worte verfehlten ihre Wirkung nicht. Der Polizeikommissar erhob sich sogleich und murmelte einige Entschuldigungen. Juffo war wie entgeistert und konnte nur mit Mühe veranlaßt werden, die Villa zu verlassen. Selbst Antoine war derart verblüfft über die Gewandtheit des Inders, daß er sich, ohne einen Widerspruch zu wagen, entfernte. Der erste Anschlag war glänzend ins Wasser gefallen.

Am Abend desselben Tages, aber später als sonst, traf die Limousine mit dem ausgewechselten Koffer in der Villa Gerardi ein. Sowohl Erwin als auch Renee hatten gefürchtet, die Inder hätten irgendwie Lunte gerochen und noch im letzten Augenblick ihre Route geändert. Um so erfreuter waren sie also, als der Wagen schließlich doch vor dem Parktor erschien und gleich darauf in den Hof einfuhr.

»Diesesmal soll uns nichts daran hindern, das Geheimnis zu enträtseln!« erklärte der Doktor und rieb sich erwartungsvoll die Hände. – Er ahnte nicht, daß der richtige Koffer längst in der Hafenstadt Cette angelangt war, und daß der Chinese Jen-Tsu-Tai dort bereits mit einem Motorjachtbesitzer unterhandelte, der ihn und das Gepäckstück bei eingetretener Dunkelheit auf seinem Fahrzeug sicher durch die Kette der französischen Zoll- und Polizeidampfer hindurchschmuggeln und nach Bonifacio bringen sollte.

»Ich biete Ihnen fünfzigtausend Franken, wenn Sie die Sache übernehmen!« sagte Jen-Tsu-Tai zum Kapitän und legte, listig mit den schmalen Äuglein zwinkernd, ein Scheckbuch auf den rohen Brettertisch, der in einer Ecke des Bootshauses angebracht war.

Fünfzigtausend Franken war kein Pappenstiel, aber der Kapitän hatte Angst vor den verflucht scharfen Spürnasen der Seepolizisten, die mit gelöschten Lichtern draußen vor dem Hafen lagen und die ein- und auslaufenden Fahrzeuge belauerten.

»Ich kann nicht,« sagte er daher betrübt. »Ich kann nicht! Wenn wir gekappt werden, bin ich ein ruinierter Mann!«

Jen-Tsu-Tai ließ sich nicht aus der Ruhe bringen und sein Lächeln blieb stereotyp.

»Siebzigtausend Franken!« sagte er freundlich.

Dem Kapitän trat der Schweiß auf die Stirn. Innerlich wand er sich in Krämpfen. Für eine Fahrt siebzigtausend Franken! Soviel verdiente er sonst, wenn es gut ging, in einem Jahr. Aber er zögerte noch immer.

»Kaufen Sie das Schiff!« schlug er schließlich vor. »Wenn wir in Bonifacio angelangt sind und der Koffer an Bord ist, machen wir das Geschäft wieder rückgängig!«

Dieser Mann war gar nicht dumm. Denn, wenn er nur als angestellter Kapitän fungierte, Jen-Tsu-Tai aber Besitzer und selbst an Bord anwesend war, fiel auch die ganze Verantwortung auf die Schultern des Chinesen.

»Wieviel würden Sie verlangen, wenn ich auf Ihren letzten Vorschlag einginge?« erkundigte sich Jen-Tsu-Tai.

»Hunderttausend Franken! – Den Wert der Jacht könnten Sie dann gleich beim Notar, den wir gleich zur Erledigung der Formalitäten aufsuchen wollen, deponieren.«

Es blieb dem Chinesen nichts anderes übrig, als einzuschlagen. – Nach Verlauf einer Stunde sah er sich bereits im Besitze einer Motorjacht und veranlaßte die Verfrachtung des schwarzen Koffers. – Als die Dunkelheit ihre violetten Schatten über den Golf von Lion gebreitet hatte, und nur noch die Strahlenbündel der Leuchtfeuer in bestimmten Abständen am Horizont aufzuckten, lichtete das kleine Schiff lautlos seine Anker und glitt langsam und geheimnisvoll in die Nacht hinaus.

*

Es war zu Ivonnes Freude beschlossen worden, daß Erwin Gerardi der polizeilichen Kontrolle des Koffers nicht beiwohnen sollte. Afru durfte unter keinen Umständen auf den Gedanken kommen, daß diese Maßnahmen etwa von Gerardi veranlaßt waren. Nur Lessot und Renee begaben sich daher in der Frühe des nächsten Morgens mit zwei Kriminalbeamten in das Zollrevier, neben dem der Indiendampfer »Viktor Emanuele« verankert lag.

Die Nachricht von der Durchsuchung, sowie dem Verschwinden Jeannettes hatte sich mit Blitzesschnelle verbreitet. Sogar der Kapitän des Indienfahrers, ein hagerer, unsympathisch aussehender Mensch mit schwarzen, stechenden Augen und einer großen Hakennase kam hinzu, um dieser Sensation beizuwohnen. Mit einem spöttischen Lächeln um den dünnen, bartlosen Mund, die Hände in den Taschen vergraben, stand er dabei und wartete, bis einer der Inder das komplizierte Schloß geöffnet hatte.

Gerade als der Mann den Deckel aufschloß, ertönte aus der um den Zollhof versammelten Menschenmenge ein dumpfes Gemurmel, das die Beamten einen Augenblick zögern ließ, um den Grund dieser plötzlichen Bewegung festzustellen. – Ein Auto fuhr vor – und diesem Auto entstieg, ruhig und lächelnd, er, gegen den sich dieses ganze Unternehmen richtete – – Afru!

Ohne die Menschen zu beachten, ging er auf den diensttuenden Zollinspektor zu, legitimierte sich und bat dann freundlich, um seinetwillen in der Erledigung der Formalitäten keine Störung eintreten zu lassen.

Zwei Beamte öffneten den Deckel des Koffers. Er war gepolstert. Darunter wurde eine reichgestickte, rote Sammetdecke sichtbar. Afru trat hinzu und zog sie mit einem Ruck fort. Und da lag vor den erstaunten, enttäuschten und doch wieder bewundernden Blicken der Menschen eine künstlerisch gearbeitete, lebensgroße Puppe.

»Genügt das?« fragte Afru höflich.

Der Inspektor nickte.

»Selbstverständlich! – wir wußten ja überdies, daß der Koffer auch diesesmal nur Puppen enthalten würde, da die Kontrolle noch nie etwas anderes ergeben hat. Aber diese Herren...« er wies auf Lessot und Renee, »...schienen daran zu zweifeln und wünschten, daß die Kontrolle diesesmal unter Assistenz der Polizei vorgenommen würde!«

Afru lächelte.

»Die Herren halten mich für einen Mörder!« sagte er ruhig, Renee dabei fest in die Augen blickend. »Aber sie haben sich getäuscht. Diese Hände haben noch nie einen Tropfen Blutes vergossen!«

Diese Worte sprach er so nachdrucksvoll und überzeugend, daß es in der ganzen Runde wohl keinen Menschen gab, der an Afrus Unschuld zweifelte. Sogar Renee schwankte einen Augenblick und wurde in seiner Überzeugung irre. Dann aber fiel ihm das Verschwinden Jeannettes ein und der seltsame Zettel, den sie gelesen haben wollte, bevor sie aus dem Gesichtskreis Juffos entschwand und der alte Argwohn schlug noch heftiger als zuvor in seinem Herzen empor.

Vier Matrosen erschienen nunmehr und trugen auf Befehl des Kapitäns den Koffer an Bord. Gleich darauf rasselten die Landungsstege und Ankerketten, die Maschinen begannen zu dröhnen und zu stampfen, dumpf quirlten die unsichtbar unter der Flut wirkenden Schrauben das Wasser und der »Viktor Emanuele« glitt, klobige Rauchwolken gen Himmel stoßend, aus dem Hafen von Marseille.

Die wenigsten Passagiere aber bemerkten, daß, als nach Stunden die Küste von Korsika und Sardinien am Horizonte erschien, sich eine kleine Motorjacht dem großen Indienfahrer näherte und schließlich an seiner Leeseite anlegte, worauf ein großer, in Segeltuch gewickelter Kasten an Bord des Dampfers befördert wurde. Auf der Kommandobrücke der Jacht aber stand, als die Schiffe sich wieder voneinander trennten, ein kleiner häßlicher Chinese, der mit einem roten Taschentuch winkte, welche Signale vom Kapitän der »Viktor Emanuele« lächelnd erwidert wurden.

Kapitel 12
Judith

Nachdem Afrus Renommee durch den ergebnislosen Verlauf der Untersuchung glänzend wiederhergestellt war und sich sogar der französische Innenminister dazu bewogen gefühlt hatte, dem Inder sein Bedauern über die verschiedenen Vorfälle auszusprechen, legte sich auch Erwin Gerardis Mißtrauen nach und nach. Die Forderung Doktor Renees, den Koffer noch einmal auf eigene Faust heimlich zu öffnen, lehnte er glatt ab, da es ihm weder daran lag, mit dem Inder aneinanderzugeraten, noch sich sonstigen mißlichen Eventualitäten auszusetzen. Im übrigen bot sich vorläufig auch keine Gelegenheit zu einem gewaltsamen Eingriff, da Afru für den Winter Paris verließ und nach Marseille zur Kur kam, so daß die Koffersendungen ausblieben.

Afru tat seinerseits alles, um Erwin von seiner Freundschaft zu überzeugen, und dankte ihm des öfteren mit herzlichen Worten, daß er »als einziger« nicht in das Lager seiner Feinde übergegangen sei.

Die vorübergehende herbstliche Regenperiode war mittlerweile wieder dem schönsten Wetter gewichen, die Sonne lachte in strahlender Milde vom dunkelblauen Himmel und Tausende von Fremden begannen in Anbetracht der eröffneten Saison die Strandorte des Mittelländischen Meeres von Marseille bis San Remo zu bevölkern. Um diese Zeit kaufte Erwin einen größeren Landkomplex bei Nizza, um auf diesem ein Hotel ersten Ranges zu errichten. Dieses Geschäft war auf Anraten und durch Vermittlung Afrus zustandegekommen, da das fragliche Terrain einem indischen Konsortium gehört hatte und durch seine Bemühungen besonders billig veräußert worden war. Erwin, der anfangs keinen Gefallen daran finden wollte, seine Geschäfte noch zu verbreitern, wurde, als die ganze Angelegenheit endgültig perfekt war, doch – wie es bei seinem rührigen Charakter ja auch unvermeidlich sein mußte – von einem starken Interesse für die Neugründung ergriffen und beschäftigte eine Reihe hervorragender Architekten, Gartentechniker und Ingenieure mit der Ausführung seiner nun sehr hochfliegenden und großzügigen Pläne. Er wünschte, daß sein Hotel eben das Hotel an der ganzen Riviera werden sollte! Eine Gaststätte, mit der die luxuriösesten Häuser am Broadway oder der fünften Avenue nicht konkurrieren durften. Afru bestärkte ihn noch in seinen Absichten, versprach ihm kostbare Möbel, Decken und Teppiche aus Indien zu verschaffen und begleitete ihn nicht selten im Auto auf seinen Fahrten zum Bauplatz.

Noch öfter allerdings benutzte er die Zeit von Erwins Abwesenheit, um dessen schöner und sich nun zuweilen etwas vereinsamt fühlenden Gattin die Zeit zu vertreiben, war ihm infolge seines liebenswürdigen Temperaments und seiner glänzenden Unterhaltungsgabe auch uneingeschränkt gelang. Ivonne gewöhnte sich dadurch derart an die Gesellschaft des Inders, daß sie bereits mit Betrübnis an den Januar dachte, in welchem Monat er Marseille verlassen und seinen ständigen Wohnsitz wieder in Versailles nehmen wollte.

Wenn Erwin fort war, erschien Afru gewöhnlich gleich nach Mittag in der Villa am Prado und nahm mit Ivonne den schwarzen Kaffee ein. Darauf fuhren sie gewöhnlich im Auto an das Mittelländische Meer, bestiegen eine kleine Motorjacht, die Afru kürzlich erworben hatte und glitten über die im strahlenden Sonnenfeuer tausendfältig funkelnde und sprühende Wasserfläche dahin. Das Steuer und die Maschine besorgte dann regelmäßig der kleine häßliche Chinese Jen-Tsu-Tai, den Ivonne bereits kennengelernt hatte, als Erwin die erste Geldrate von der Bank du Commerce auf Grund jenes Schecks von Afru abhob.

Diese Fahrten übten auf die schlanke, empfindsame Frau einen eigenartigen Zauber aus, einen Zauber, den sie fürchtete und doch gleichzeitig mit großer Heftigkeit immer wieder und wieder herbeisehnte. Und warum sollte sie auch nicht, da doch Erwin diese Ausflüge gestattet hatte und selbst als er einmal daran teilnahm ganz entzückt gewesen war.

Die Wellen flüsterten und rauschten. Der schmucke, blendend weiße Rumpf des Bootes hob und senkte sich wiegend wie eine große rhythmische Schaukel. Ivonne lagerte in einem bequemen, gepolsterten Liegestuhl auf dem Verdeck, den Kopf in einen Berg seidener Kissen gebettet und die schönen Arme hinter dem Nacken verschränkt. Stundenlang konnte sie so liegen, in den wolkenleeren azurblauen Himmel starren und weltfernen Gedanken nachhängen, während die warmen Strahlen der Südsonne ihren Körper streichelten. Stundenlang, bis dann schließlich der Tag sank, die Dämmerung sich violett über dem östlichen Horizont emportastete, immer größere Flächen verdunkelnd, und endlich jäh und unvermutet das letzte Licht verschlang. Dann funkelten die Sterne durch das Schwarzblau der Nacht, winkende Fanale einer unerreichbaren Welt, und schleuderten leuchtende Funken durch die gewaltige Kuppel des Raumes, denen sprühende Feuerbogen folgten.

Erst um diese Zeit erschien Afru selbst auf Deck. Den Tag über war er fast gar nicht zu sehen, sondern gab vor, unten in der winzigen Kajütenstube arbeiten zu müssen. Tatsächlich hatte Ivonne auch gelegentlich einer Forschungsreise in diese unteren Regionen dort einen kleinen Schrank voll eigenartiger Bücher, deren Seiten mit indischen und chinesischen Schriftzeichen bedeckt waren, gefunden.

Afru brachte eine schwere, warme Decke mit und verhüllte damit Ivonnes Körper. Dieses tat er sehr sorgfältig und zart, gleichsam als fürchte er sie zu zerbrechen oder ihre Haut durch einen zu starken Druck zu beschädigen. Wenn Afru erschien, verschwand Jen-Tsu-Tai in der Kabine, und tauchte daraus erst nach Ablauf einer halben Stunde mit einem silbernen Tablett in den Händen auf, das neben einer dampfenden Teekanne allerlei Leckerbissen, die Ivonne gern aß, trug.

Nach diesen Mahlzeiten, während denen sich Afru in aufmerksamster Weise um Ivonne bemühte, wurden Zigaretten geraucht, wunderbare Zigaretten, die in Indien eigens für Afru Herstellung fanden, und dann ... erzählte er ...

Das war zweifellos das Schönste.

Das Rauschen, das sanfte, rhythmische Wiegen, die sternklare Nacht, und mitten darin Afrus tiefe, weiche Stimme, scheinbar losgelöst von allem Irdischen und ganz selbstverständlich von irgendwo aus dem großen Dunkel herüberklingend wie ein gespensterhaftes Lied.

Afru wußte, welche betörende, hypnotische Kraft in seiner Stimme schlummerte, er wußte es genau und suchte diese Zähigkeit noch durch Ausnützung von Gemütszustand und Umgebung zu steigern. Er war ein unübertrefflicher Frauenkenner und Psychologe. Während er selbst als Persönlichkeit scheinbar völlig zurücktrat, um die Individualität des anderen nicht zu beeinflussen, nahm er in Wirklichkeit von dieser Individualität doch völlig Besitz, da sie sich ja wehrlos und klar vor ihm auszubreiten pflegte.

Auch Ivonne merkte nicht, wie sie immer fester und fester von den Netzen seines Willens umstrickt wurde, wie sie erst seelisch und dann auch körperlich der Einflußsphäre Erwins entglitt und zu dem Inder hinübergezogen wurde. Sie merkte es nicht, bis eines Abends der traumhafte Schleier zerriß und sie vor eine jener Tatsachen stellte, vor denen es kein Entrinnen mehr gibt.

Es war ein besonders lauer Abend. Im Westen säumte den Horizont noch ein purpurgoldenes Flammenband, während im Norden bereits die Leuchtfeuer der Marseiller Hafeneinfahrt aus dem sinkenden Dunkel hervorzublitzen begannen. Kein Lüftchen regte sich. Das Meer lag glatt wie ein ungeheurer Spiegel unter dem geräuschlos dahingleitenden Boot und nur die klatschenden Flügelschläge zuweilen vorübereilender Seevögel unterbrachen die tiefe Stille der heranschleichenden Nacht. Jen-Tsu-Tai hatte den Motor abgestellt und schlief auf seinem Sitz, ein wenig in sich zusammengesunken und dadurch noch kleiner und merkwürdiger als sonst. Auch Afru verstummte, nachdem er ein altes indisches Lied gesungen hatte. Dessen Melodie war von einer großen Schwermut und seine Worte erzählten von dem Tode eines schönen, vielumworbenen Mädchens, das das Leben sehr geliebt hatte.

Ivonne lag in ihrer gewöhnlichen Stellung und schaute in den Himmel, dessen Blau immer dunkler und dunkler wurde und aus dessen Tiefe die Sterne einer nach dem anderen aufzublühen begannen. Sie fühlte deutlich, daß Afru sie ansah. Eine heftige Unruhe vibrierte durch ihr Blut, eine Unruhe, wie sie sie früher in der Gesellschaft dieses Mannes nie empfunden hatte.

Ganz plötzlich und gleichsam unter der Einwirkung eines gewaltsamen Zwanges mußte sie gegen ihren eigenen Willen den Kopf in die Richtung wenden, in der sie das Gesicht des Inders vermutete. Ihr Blick traf in ein paar stechende Augen, denen ein fahles Feuer zu entspringen schien. Eine große Müdigkeit, ein unendliches Anlehnungsbedürfnis überkamen das junge Weib. Ihre Arme glitten unter dem Kopfe hinweg und fielen kraftlos zu beiden Seiten des Liegestuhles herab. Sie hörte wie ihr Blut hämmerte und rauschte, sie sah wie das bräunliche, schmale Gesicht des Mannes näher und näher kam, schließlich den Sternhimmel verdeckte und auf sie niedersank. Was sie nun spürte, war kein Kuß im gewöhnlichen Sinne dieses Begriffes. Es war vielmehr ein elektrischer Schlag, so brennend und doch gleichzeitig so betäubend, daß sie nichts vermochte, als nur leise aufzuseufzen.

Als sie aus ihrer Betäubung erwachte, tagte es bereits wieder im Osten. Ein kühler Wind hatte sich aufgemacht und spielte mit den Wimpeln. Der Motor stöhnte und rollte unter den Fäusten des Chinesen, der vor dem Steuer hockte wie ein häßlicher Affe. Nur Afru war nicht zu sehen.

Ivonne versuchte es, sich zu erheben, sank aber sofort wieder zurück. Sie war völlig kraftlos wie nach einer langwierigen und schweren Krankheit und ihr Kopf schmerzte, als säße er zwischen Schrauben.

»Jen-Tsu-Tai...!«, rief sie kaum hörbar, und doch hatte sie alle Kraft aufgeboten, die ihre Stimme noch hergab. Aber der Chinese hörte sie sogleich und kam diensteifrig herangeglitten.

»Was befehlen gnädige Frau?« fragte er unterwürfig, während sich in seinem pergamentfarbigen Gesicht nichts rührte.

»Wo ist Afru?«

»Er schläft in der Kajüte.«

»Wie kommt es, daß wir noch auf See sind? Sonst waren wir gewöhnlich gleich nach Mitternacht wieder im Marseiller Hafen.«

»Wir hatten einen kleinen Motordefekt und sind daher zu stark nach Süden abgetrieben worden. Gnädige Frau haben so fest geschlafen, daß Sie davon nichts merkten. Erst vor kurzem haben Herr Afru und ich den Schaden wieder repariert.«

»Wann werden wir zu Hause sein?«

»In spätestens einer Stunde.«

Ivonne nickte Jen-Tsu-Tai zu, der sich sofort wieder in seinen überdachten Führerstand zurückzog. Alle Willenskraft zusammennehmend, erhob sie sich nun, tastete sich an der Reeling entlang bis zum Geländer der schmalen Kajütentreppe und stieg taumelnd hinab.

Afru lag mit geschlossenen Augen auf dem kleinen, gepolsterten Ruhebett und atmete ruhig. Neben ihm auf einem Mahagonitischchen lag ein französischer Roman, in dem er jedenfalls vor dem Schlafengehen hatte lesen wollen, und darin ein kunstvoll gearbeitetes Papiermesser. Unwillkürlich nahm Ivonne den langen, schmalen Dolch in die Hand und betrachtete ihn aufmerksam. Die Klinge aus blankem, haarscharf geschliffenem Silberstahl glitzerte tückisch. Der Griff war mit wunderbaren, blutroten Rubinen besetzt und den Knopf bildete ein nußgroßer Smaragd. Wer weiß, welchen Taten diese Waffe bereits zur Vollendung verholfen hatte? Wer weiß? Es war nicht anzunehmen, daß sie ursprünglich zum Aufschneiden harmloser Kitschromane hergestellt worden war.

Afru schlief noch immer. Die Frau stand mit dem Dolch in der Hand vor ihm und sah auf ihn nieder, von draußen tönte das eintönige Rauschen der an der Bordwand zerschellenden Wogen und das gleichförmige Schüttern des Motors. Auf weite, weite Entfernung waren sie die einzigen Menschen. Der Chinese oben am Steuer zählte ja nicht.

In diesem Augenblick fiel Ivonne ein seltsames Bild ein. Judith, den schlafenden Holofernes betrachtend. Irgendwo in einer modernen Pariser Galerie hatte sie es gesehen. – Judith? Wer war Judith? – Ein Weib, das sich dem Feinde ihres Volkes näherte, um ihn nachher töten zu können. – War Afru ein Feind ihres Volkes, womöglich ihres Geschlechts? Hatte er tatsächlich alle jene aus so merkwürdige Weise im Laufe des letzten Jahres verschwundenen Frauen auf dem Gewissen? War er ein Frauenmörder, oder, was schlimmer sein mochte, ein Frauenhändler? War er das?

Die ersten gelben Strahlen der aufgehenden Sonne fielen durch die runden Bullaugen und tauchten den winzigen Raum in ein fahles Licht. Der Wind schien zugenommen zu haben, denn das kleine Boot begann heftig zu stampfen.

Sollte sie, sollte sie es tun...?

Ein Grauen überlief das Weib. Mörderin! Ekelhaft dieses Wort! Es klang so schmutzig und niedrig. Aber mußte es so heißen? Konnte man in diesem Fall nicht auch Befreierin oder gar Rächerin sagen? Judith war beides: sie nahm Rache für die ihr angetane Schmach und befreite ihr Volk.

Wie eine glühende Woge nahm es Ivonne gefangen. Afru hatte mit schlangenhafter List sie vorsätzlich ins Garn gelockt, wochenlang alles getan, um ihr Vertrauen zu erobern. – Oder liebte sie ihn doch? – Nein, nein, sie liebte ihn nicht! Nun, da sie alles klar sah, da sie einen uneingeschränkten Überblick über seine Ränke gewonnen hatte, war auch jedes tiefere Gefühl für diesen fremdrassigen Mann aus ihrem Herzen gewichen. Nur der Magnetismus seiner Persönlichkeit hatte sie vorübergehend in Bann schlagen und bezwingen können. Nun aber war sie frei!

Langsam beugte sie sich über den Mann. Tiefer und tiefer. Deutlich sah sie das leise Vibrieren des Hemdes an der linken, ihr zugewendeten Seite des Mannes. Dorthin mußte sie zielen! Mußte die Spitze des tückisch funkelnden Messers gestoßen werden. Damit ein purpurner Blutquell aufsprang, damit ein Leben erlosch.

In diesem Augenblick öffnete Afru langsam die Augen und sah Ivonne an. Mit einem so durchdringenden, spöttischen Blick, daß sie sofort begriff, er habe sich die ganze Zeit über, während sie mit sich kämpfte, nur schlafend gestellt. Ihre ganze, mühevoll erworbene Festigkeit brach restlos zusammen. Der Dolch entfiel ihrer Hand und blieb federnd im Fußboden stecken. Afru sprang auf, bückte sich dann geschmeidig nach der Waffe und überreichte sie ihr galant.

»Zur Erinnerung an diese Stunde...!« sagte er lächelnd.

Kapitel 13
Das Geheimnis der Schönsten Puppe

In Ivonnes Leben veränderte sich nach den Ereignissen auf der Motorjacht des Inders äußerlich sehr wenig. Afru besuchte nach wie vor häufig die Villa am Prado und Erwin war mit Bauarbeiten überlastet. Schließlich nahm sie sogar die Motorbootfahrten wieder auf, da Erwin sein Befremden darüber äußerte, daß sie dies schöne Vergnügen aufgegeben hätte.

»Ihr habt euch doch nicht etwa gezankt?« sagte er gelegentlich scherzend. »Benutzt die Zeit, so lange Afru noch hier ist. Nach seiner Übersiedelung nach Paris wird sowieso nichts mehr daraus.«

So fuhren sie wieder miteinander. Anfangs blieb die Stimmung gezwungen. Aber langsam stellte sich auch der alte Ton wieder ein. Ivonne überließ sich ganz dem Zauber der Stimmungen und Afru gewann einen Teil seines Einflusses wieder.

Das ging so einige Wochen. Dann begannen Afrus Besuche seltener zu werden und wenn er kam, fiel es Ivonne auf, daß er seinen früheren, unerschütterlichen Gleichmut eingebüßt hatte und scheinbar von einer heftigen, inneren Unruhe gequält wurde.

»Was ist Ihnen, lieber Freund?« fragte sie einmal, als dieser Zustand besonders heftig zutage trat und sie sogar bemerkte, daß seine Hände zitterten.

»Nichts ... nichts von Belang, Ivonne!« antwortete er hastig und nervös und sah ihr dabei ganz gegen seine sonstige Gewohnheit nicht in die Augen. »Einige kleine Geschäftsverdrüsse, die sich nicht vermeiden lassen und etwas körperliche Erschlaffung. Ich vertrage die Seeluft nicht mehr.«

Ivonne lachte.

»Sie glauben selbst nicht, was Sie sagen, Afru! – – Ich habe vielmehr den Eindruck, Sie seien unglücklich verliebt!«

Afru zuckte zusammen und wurde sehr blaß.

»Wie kommen Sie darauf?«

»Weil Sie die typischen Symptome dieser nicht ungewöhnlichen Krankheit an sich tragen.«

Er erhob sich und ging einige Male im Zimmer auf und nieder. Es schien Ivonne, als kämpfe er schwer mit sich. Aber er hatte sich doch noch immer so in der Gewalt, daß ihm nichts Besonderes anzumerken war.

Schließlich blieb er vor ihr stehen und sah sie mit einem so traurigen Blick an, daß sie es bereute, ihn verspottet zu haben und lebhafte Besorgnis empfand.

»Ich wollte Sie nicht verletzen...,« sagte sie begütigend.

»Sie haben mich nicht verletzt. Sie haben sogar recht! Denn ... ich bin wirklich verliebt!«

Ivonne wäre keine Frau und vor allem keine Südfranzösin gewesen, wenn sie nicht sofort ein heftiges Gefühl der Eifersucht, das noch durch eine brennende Neugierde gesteigert wurde, empfunden hätte.

»Wer ist es...?!«

Afru antwortete nicht gleich. Er hatte sich in einem Klubfauteuil ihr gegenüber niedergelassen und bedeckte das Gesicht mit den Händen.

»Sie würden lachen, wenn ich es Ihnen erzählte ...«, sagte er schließlich leise.

»Ich werde nicht lachen.«

»Es ist aber lächerlich!«

Die letzten Worte stieß er fast zornig und so laut hervor, daß Ivonne erschrak.

Er griff in den Gürtel, holte aus ihm einen Brief hervor und reichte ihn ihr hinüber.

»Da ... lesen Sie selbst!«

Ivonne nahm das Blatt und faltete es auseinander. Darauf stand nichts, als die Worte:

»Nächste Puppensendung sofort expedieren!«

Oben das Wappen des Maharadscha von Sukentala und unten ein unleserlicher Name.

»Was soll das?« fragte sie kopfschüttelnd. »Ich ersehe aus diesem Schreiben keine Lösung für Ihr rätselhaftes Wesen!«

»Sie werden sie sofort haben, wenngleich meine Antwort vielleicht wieder neue Rätsel aufgibt. – – Denn ... können Sie es begreifen, daß man sich in einen Gegenstand verliebt?«

Ivonne nickte.

»Ich kann es. – Ich kenne Männer und Frauen, die in allerlei Sammelobjekte vernarrt sind und lieber den Tod eines nahestehenden Menschen als den Verlust einer solchen Sache vertragen möchten.«

Afru schien befriedigt.

»Gut. – Sie sind eine kluge Frau und darum will ich Ihnen alles anvertrauen. – – Die Puppe, die ich als nächste Sendung für meinen Herrn erworben habe, ist so schön, daß ich mich nicht von ihr trennen kann!«

»So ... schön ...?«

»Ja, so schön! ...Der Gedanke, daß diese Puppe für mich ewig verloren und nun das Besitztum eines anderen Mannes sein soll, macht mich rasend!«

»Was würde geschehen, wenn Sie diese Puppe für sich behielten und dem Maharadscha eine andere schickten?«

»Was dann geschehen würde? – Ich wäre unrettbar der Rache des Maharadschas verfallen!«

»Aber er brauchte es doch nicht zu wissen!«

»Er weiß es bereits!«

»Das verstehe ich nicht. Oder haben Sie etwa selbst ...?«

»Ich? – O nein. Aber Sie vergessen, daß ich ständig von indischen Dienern umgeben bin, die mir zwar gehorchen, dem Maharadscha aber mit Leib und Seele angehören und die jeden meiner Schritte schlimmer bewachen, als wenn ich ein Mörder wäre, vor allem vergessen Sie meinen leibhaftigen Schatten, diesen gelben Affen ...Jen-Tsu-Tai!«

»Ich dachte, er wäre Ihr Freund.«

»Er ist es nie gewesen. – Scheinbar mein Angestellter, vermag er mich gerade durch seine untergeordnete Stellung besser und eingehender zu beobachten, als wenn er der Bestimmende und ich sein Sekretär wäre!«

»Jen-Tsu-Tai hat also jene Puppe bereits gesehen?«

»Er hat es. Und darum ist alles verloren!«

Ein langes Schweigen trat ein. Von der Straße gellten die Hupen der Autos herauf, und im Erdgeschoß erscholl das durchdringende Bellen des Hundes, der dort mit dem Diener Louis spielte. Afru atmete schnell und stieß zuweilen die Luft zischend zwischen den zusammengebissenen Zähnen hervor.

Plötzlich erhob sich Ivonne unvermittelt, ging ganz nahe an Afru heran und flüsterte:

»Ich habe eine Bitte.«

Afru sah erstaunt auf.

»Was ist das für eine Bitte?«

»Ich möchte die Puppe sehen!«

Er wurde wachsbleich.

»Sie sind wahnsinnig ...!« keuchte er mühsam.

»Wieso?«

»Sie sind wahnsinnig. Sie wissen nicht, was Sie von mir verlangen.«

»Ich weiß es genau. – Ich verlange, daß Sie den schwarzen Koffer gelegentlich des nächsten Transportes öffnen und mir seinen Inhalt zeigen.«

»Das ist unmöglich.«

»Unmöglich? warum? – Was ein paar einfachen Zollbeamten zugänglich ist, werde ich mir wohl erst recht betrachten dürfen. Um so mehr, als es sich in diesem Falle scheinbar wirklich um etwas ganz Besonderes handelt.«

Afru sagte eine ganze Weile nichts. Er stierte vor sich auf den Teppich und preßte die Fäuste so stark zusammen, daß sie knackten.

»Ich kann es nicht ...ich kann es nicht ...«, flüsterte er schließlich vor sich hin.

Durch seinen Widerstand war Ivonnes Neugierde naturgemäß noch gesteigert worden. Auch war in ihr der brennende Wunsch aufgestiegen, einmal seinen Willen zu bezwingen. Dieses Gefühl verdrängte alsbald ihr anfängliches Mitleid und ließ sie mit kühler Überlegung handeln.

Mit veränderter harter Stimme fragte sie:

»Ist das Ihr letztes Wort?«

»Mein allerletztes!«

»Gut. – Wenn das der Fall ist, muß ich Sie bitten, mein Haus nie wieder zu betreten. Außerdem werde ich meinen Mann von den Vorfällen auf dem Motorschiff in Kenntnis setzen und dafür sorgen, daß Ihr Koffer hier nicht mehr abgestellt werden darf.«

»Sie vergessen scheinbar, daß ich es war, der den Grundstein zu Erwins Vermögen legte und daß ich ihn noch heute auf Grund eines von ihm unterschriebenen falschen Schecks in der Hand habe.«

Diese Angelegenheit war noch nie zwischen ihnen zur Sprache gekommen, aber Ivonne benutzte mit sicherem Instinkt die Gelegenheit, um einen Plan zur Ausführung zu bringen, den sie schon seit einiger Zeit gehegt hatte.

Statt irgendwelche Besorgnis über Afrus Antwort zu zeigen lachte sie hell auf und sagte dann:

»Das glauben Sie ja selbst nicht!«

»Was?«

»Daß Sie Erwin auf Grund eines Schecks in der Hand haben.«

»Wieso?«

»Weil jener Scheck überhaupt nicht mehr in Ihrem Besitz ist!«

Afru war erst sprachlos, dann griff er hastig in die Tasche, riß sein Portefeuille hervor und begann mit zitternden Fingern darin zu suchen. Ivonne schaute ihm spöttisch zu.

»Nun? …Nun? …Noch nicht?« sagte sie dabei manchmal, und diese kurz und höhnisch hervorgestoßenen Worte brachten ihn vollends aus der Fassung. Plötzlich stieß er einen triumphierenden Ruf aus und hielt ihr einen schmalen Papierstreifen vors Gesicht.

»Hier! …Hier!« schrie er. »Hier lesen Sie selbst, was Sie sonst nicht glauben wollen!«

Aber Ivonne hatte dies alles nicht inszeniert, um ein gefälschtes Dokument, dessen Inhalt sie längst kannte, zu lesen. Ihre Absichten gingen weiter. – Mit einer blitzschnellen Bewegung entriß sie dem Inder das Blatt, knüllte es zusammen und steckte es in den Mund. Einen Augenblick überkam sie ein fürchterlicher Brechreiz, aber sie nahm ihre ganze Energie zusammen, bezwang sich und schluckte das Papier hinunter.

Alles dies hatte nur den Bruchteil einer Sekunde gedauert. Als der Scheck längst verschwunden war, stand Afru noch immer mit erhobener Hand da, als halte er Ivonne das Papier zum Lesen hin. Erst an ihren spöttischen Augen erkannte er, was geschehen war.

»Was haben Sie getan?« stieß er endlich wütend hervor und machte eine Bewegung auf sie zu, als wollte er sie schlagen.

Aber sie hatte das erwartet und schlüpfte an ihm vorüber zur Tür, wo sich ein elektrischer Klingelknopf befand.

»Einen Schritt weiter und ich rufe Louis mit dem Hunde!« sagte sie, ihm drohend in die Augen sehend.

Afru ließ den Arm sinken, klappte die Brieftasche zu und steckte sie weg.

»Das ist gemeiner Raub!« erklärte er zornig.

»Sie irren sich. – Das ist Notwehr, wir haben lange genug auf dem Pulverfaß gelebt. Erst von dieser Minute an kann sich Erwin seines Vermögens ruhig erfreuen.«

»Sie hätten mich darum bitten sollen, und ich hätte Ihnen den Scheck anstandslos ausgeliefert.«

»Was ich zu bezweifeln wage. – Im übrigen habe ich kein Talent zum Betteln. Und wenn Sie so edel wären, wie Sie es gerne von sich sagen hören, so wären Sie schon längst selbst auf die Idee gekommen.«

Afru wußte hierauf nichts zu erwidern. Er ging einigemal unschlüssig im Zimmer umher, blieb dann dicht vor Ivonne stehen und begann zu lachen.

»Eigentlich sind Sie doch eine fabelhafte Frau! Ich hätte Ihnen dergleichen jedenfalls nicht zugetraut. – – Was soll nun werden?«

»Nichts. Alles bleibt beim alten. Unter der Bedingung natürlich, daß Sie mir die Puppe zeigen.«

Afrus Gesicht nahm wieder den gedrückten Ausdruck an. Er trat noch näher an Ivonne heran und sagte leise und eindringlich:

»Ich bitte Sie! Lassen Sie diesen Wunsch fallen! In Ihrem eigenen Interesse…!«

»Ich denke nicht daran.«

»Sie werden es schwer bereuen.«

»O nein. Dazu habe ich kein Talent.«

»Sie wollen sich und einen anderen Menschen um einer Laune willen unglücklich machen…!?«

»Erstens wüßte ich nicht, wie das geschehen könnte, und zweitens ist es diesesmal ausnahmsweise vielleicht mehr als eine Laune! – – Daher zum letztenmal: Wollen Sie oder nicht…?«

Afru neigte den Kopf. Dann sagte er langsam und schwer:

»Ich will nicht! – Aber ich werde es tun, weil ich muß!«

Ivonne hatte an dem Abend, als der schwarze Koffer aus Paris erwartet wurde, dem alten Diener bedeutet, daß sie für einige Tage verreisen wolle und daher seine Dienste nicht benötige. So hatte es Afru gewünscht, damit sie, wie er sagte, bei der Öffnung von keinem unnützen Auge belauert würden. Sie hatte diese Vorsichtsmaßregel zwar als übertrieben angesehen, schließlich aber doch nachgegeben, um ihn nicht vollends zu erzürnen. – Erwin befand sich bereits seit mehreren Tagen in Nizza, wo der Schlußstein zum Hotelbau gelegt wurde und war daher vor Ablauf einer Woche nicht zurückzuerwarten.

Um 7 Uhr traf das Auto aus Paris ein, und die indischen Diener brachten den Koffer in den bereitstehenden Lagerraum. Kurz vor acht kam dann Afru selbst, wobei es Ivonne von vornherein auffiel, daß er ein besonders feierliches Wesen zur Schau trug. Allerdings schien es ihr, als verberge sich in Wahrheit hinter diesem formellen Auftreten eine starke Nervosität, die dieserart hinweggetäuscht oder gedämpft werden sollte.

Sie setzten sich im Salon an eine kleine von Ivonne selbst hergerichtete Abendtafel. Sonst äußerte Afru gelegentlich solcher gemeinsam eingenommener Mahlzeiten des öfteren sein Wohlgefallen über den schönen Tafelschmuck, worin Ivonne in der Tat eine Künstlerin war. Diesesmal aber blieb er einsilbig und berührte kaum eine von den Delikatessen, die ihm vorgesetzt wurden.

»Der Abschied von der Puppe scheint Ihnen doch recht schwer zu fallen?« äußerte sie schließlich ein wenig verärgert.

Er legte Messer und Gabel hin und sah sie mit einem langen, tieftraurigen Blick an.

»Sie haben recht,« erwiderte er dann. »Es fällt mir sehr schwer.«

Sie tranken Mokka und rauchten ein paar ägyptische Zigaretten. Ivonne hatte den Rundfunkapparat eingeschaltet und vertiefte sich völlig in die Klänge einer in Paris zur Aufführung gelangenden Symphonie. Als diese zu Ende war, erhob sie sich ruhig, drückte ihre Zigarette aus und sagte:

»Ich denke, wir wollen gehen…?«

Sie sah, daß es Afru große Überwindung kostete, ihrer Aufforderung nachzukommen. Als er schließlich widerwillig aufgestanden war, ergriff er ihre Hand und sprach:

»Zum letztenmal bitte ich Sie … lassen Sie Ihren Wunsch fallen!«

Aber Ivonne schüttelte den Kopf.

»Nein, das kommt gar nicht in Betracht. Ich lasse mich nicht zum Narren halten!«

Sie ging voraus. In den Sälen flammte das elektrische Licht auf, wie von unsichtbaren Zauberhänden entzündet. An der breiten, teppichbelegten Treppe, die ins Erdgeschoß hinabführte, blieb sie stehen und sah zurück.

Afru folgte ihr auf dem Fuße. Sein Gesicht hatte einen starren Ausdruck und die Lippen waren zusammengepreßt. Sein Blick ging irgendwohin ins Leere.

Weiter schritten sie durch das nächtliche, menschenleere Haus. Zuweilen konnte sich Ivonne eines unangenehmen Gefühles nicht erwehren, wenn sie daran dachte, was diesem Manne, mit dem sie nun völlig allein war, alles nachgesagt wurde. Aber sie unterdrückte diese Regungen wieder schnell und ließ nicht ahnen, was in ihr vorging.

Endlich in einem langen Korridor hielten sie vor einer geschlossenen, eisenbeschlagenen Tür. Ivonne knipste das Licht an. Sie traten ein. Während Afru sich damit beschäftigte, den Lederbezug vom Koffer abzuknöpfen, setzte sie sich auf einen rohen Holzschemel, der in einer Ecke stand, und sah zu. Auf der Stirne des Mannes wurden Schweißperlen sichtbar, obgleich es hier ziemlich kühl war. Er holte einen Schlüssel aus der Tasche. Es gab ein leises, metallisches Knacken und der Koffer sprang auf.

Afru sah sich nach ihr um und winkte ihr dann, näherzutreten. Dabei zeigte sein Gesicht einen Ausdruck tiefsten Schmerzes.

»Ich warne Sie zum letztenmal!« flüsterte er heiser.

Aber sie schüttelte eigensinnig den Kopf und hob den Kofferdeckel auf. Sie bemerkte, daß der Inder einige Schritte zurücktrat, hielt das aber für ein neues Manöver, sie von ihrem Vorhaben abzuhalten und ließ sich daher nicht stören. Das Innere des Koffers wurde zum größeren Teil von einer schweren, dunkelroten Plüschdecke verborgen gehalten. Sie beugte sich tief herab, um diese Decke zu entfernen. Dabei schlug ihr ein eigentümlich betäubender Geruch entgegen. Sie fühlte, wie ihr die Tränen in die Augen schossen und daß sich ein starker Brechreiz geltend machte. Um ihn niederzukämpfen, holte sie tief Atem. Im gleichen Augenblick verschwamm alles vor ihren Augen, sie hatte die Empfindung, tief, tief in einen bunten, blitzdurchzüngelten Abgrund zu stürzen, der von feurigen Sternen durchschwirrt wurde. Ein furchtbares Herzklopfen stellte sich ein, ein Herzklopfen, das ihren ganzen Körper mit dröhnenden Paukenschlägen zu erfüllen schien und sie schmerzlich erschütterte. Sie wollte weinen, schreien, irgend etwas Dumpfes, Schweres, das sich immer lastender auf ihre Brust zu senken begann, abwehren, aber sie vermochte nichts mehr. Sie verlor die Besinnung.

Afru hatte ruhig gewartet, bis sie umgesunken war. Dann band er sich ein Taschentuch vor den Mund und Nase, hob den leblosen Frauenkörper auf und bettete ihn in das Innere des Koffers unter die Decke. Das ganze Zimmer war nun von einem beißenden Äthergeruch erfüllt, und wenn er nicht die Vorsichtsmaßregel mit dem Taschentuch angewandt und den Atem nach Möglichkeit angehalten hätte, wäre es ihm womöglich ebenso gegangen wie der unglücklichen Ivonne. Hastig schloß er den Deckel, brachte den Lederbezug in Ordnung und verließ das Gemach.

Kapitel 14
Im Flugzeug nach Indien

Einige Tage nach den geschilderten Ereignissen saß Erwin Gerardi mit seinem Freunde, Ingenieur Francois Courton, abends auf der Terrasse des Hotels Bristol in Nizza und lauschte den Klängen der hervorragenden Kurmusik, als ein Ober diskret an ihn herantrat und ihm ein eben gebrachtes Telegramm überreichte. Courton widmete diesem Vorgang keine besondere Aufmerksamkeit, denn bei den ausgedehnten Geschäften Gerardis war es an der Tagesordnung, daß er Telegramme oder Eilbriefe erhielt, die in der Regel nichts Außergewöhnliches brachten.

Diesmal schien es aber doch etwas Besonderes zu sein, denn Erwin ließ plötzlich und unvermittelt das Telegramm fallen und wurde sehr blaß.

»Etwas Unangenehmes?« erkundigte sich Francois befremdet.

»Lies!« antwortete Erwin nur und schob ihm das Blatt zu. Gleichzeitig winkte er einem Ober, um zu zahlen.

Die Depesche enthielt folgende Worte:

»Sofort kommen! Frau Ivonne verschwunden! Vermute Verbrechen!

Louis.«

»Donnerwetter!« entfuhr es Francois unwillkürlich. »Sieht der alte Kauz am Ende nicht Gespenster?!«

Erwin erhob sich:

»Es ist möglich und zu hoffen. Trotzdem dürfen wir keine Zeit verlieren. Ich benutze das nächste Flugzeug. Willst du mich begleiten...?«

Francois nickte nur und folgte seinem hastig voranschreitenden Freunde zum Auto, das sie in wenigen Minuten zum Flugplatz brachte. Das nächste Flugzeug nach Marseille ging in einer Viertelstunde. Sie hatten gerade Zeit, die Fahrkarten zu lösen und ihre Plätze einzunehmen, da begann schon der Propeller zu surren.

Um Mitternacht trafen sie in Marseille ein. Es war sehr schönes Wetter und die Straßen daher noch ziemlich belebt. Als sie am Café Glacier vorüberfuhren, hörten sie laute Jazzmusik. Ein bitteres Gefühl überkam Erwin beim Klang dieser Rhythmen. Es fiel ihm ein, wie er vor eineinhalb Jahren an dieser Stelle mit Ivonne Martinet zusammengetroffen war und sie dann gemeinsam die fünf Millionen Franken auf der Bank de Commerce abgehoben hatten, die zur materiellen Grundlage ihres Glückes wurden. Nun würde er seine schöne Frau, die er aufrichtig liebte, vielleicht niemals wiedersehen.

Der Wagen hielt vor der Gerardischen Villa. Im Erdgeschoß war alles dunkel, aber im ersten Stock leuchteten noch einige Fenster. Wortlos gingen die beiden Freunde hinauf. Auch Francois konnte sich einer großen Unruhe nicht erwehren und war aufs äußerste gespannt, was sie in Erfahrung bringen würden.

Auf der Treppe kam ihnen der alte Louis entgegen. Er sah sehr mitgenommen und erregt aus. Seine Hände zitterten so stark, daß sie ihm beim Aufhängen der Mäntel helfen mußten. Dann betraten sie Erwins Studierzimmer und der Diener mußte erzählen.

Er war an dem Abend, als Ivonne ihn fortgeschickt hatte, erst nach Mitternacht heimgekehrt. Bereits an der Gartenpforte war ihm das laute Heulen und Bellen des Wolfshundes Jim aufgefallen, der unten in der Diele seine Lagerstatt hatte. Als er die Haustür öffnete, stürzte ihm der Hund winselnd entgegen, packte ihn an den Rockschößen und versuchte ihn hinter sich her zu ziehen. Als er nicht gleich darauf einging, lief der Hund voraus und begann an der Tür, die zu dem das ganze Erdgeschoß durchlaufenden Korridor führte, zu kratzen. Scheinbar hatte er sich bereits längere Zeit damit beschäftigt, denn die Politur wies schadhafte Stellen auf.

Darauf öffnete Louis die Korridortür und ließ den Hund hinaus. Er lief mit der Nase am Fußboden bis an das Zimmer, in dem der schwarze Koffer untergebracht war und setzte hier sein Kratzen mit gesteigerter Heftigkeit fort. Als Louis dies bemerkte, beruhigte er sich sofort wieder, da er wußte, daß der Koffer mittlerweile angekommen war. Er schob das merkwürdige

Wesen des Hundes dem Umstande zu, daß er jedenfalls das Hineintragen des Gepäckstückes gehört, die Anwesenheit fremder Leute gewittert und dadurch gereizt worden war. Mit großer Mühe und unter Anwendung von Gewalt brachte er Jim wieder in die Diele, kettete ihn an und legte sich selbst zur Ruhe.

Am nächsten Morgen fiel es ihm auf, daß sich das Tier, als der Koffer zum Dampfer abgeholt wurde, wieder wie rasend gebärdete, laut heulte und große Anstrengungen machte, die Kette durchzubeißen und sich auf die Träger zu stürzen. Dergleichen war nie vorher geschehen, so daß Louis sich bereits Gedanken zu machen begann, die bösen Gerüchte, die über den Koffer und seinen Besitzer umgingen, seien womöglich nicht ganz aus der Luft gegriffen. Diese Mutmaßungen aber mit der Reise seiner Herrin in Zusammenhang zu bringen, fiel ihm vorderhand nicht ein.

Dieser Argwohn stieg in ihm erst auf, als er nach einigen Tagen einen Spaziergang am Kai entlang unternahm und zu seinem Befremden die Motorjacht Afrus unberührt an ihrer Anlegestelle verankert bemerkte. Ivonne hatte nämlich erzählt, Afru und sie würden auf der Jacht eine Reise nach Ajaccio unternehmen und von dort aus Nizza anlaufen, um Erwin abzuholen. Das entsprach nun jedenfalls nicht den Tatsachen. Ohne sich zu besinnen, begab er sich nach dem Hotel, in dem Afru abzusteigen pflegte und erkundigte sich nach dem Verbleib des Inders. Ihm wurde mitgeteilt, daß Afru bereits vor mehreren Tagen ziemlich plötzlich in der Nacht in Begleitung seines chinesischen Sekretärs nach Paris abgereist sei.

»Wissen Sie genau, daß keine Dame mit ihm war?« fragte nun der alte Mann fassungslos.

Der ihm auskunftgebende Angestellte drückte auf einen elektrischen Knopf und ließ durch einen herbeieilenden Boy den Unterportier rufen, der das Gepäck Afrus zur Bahn besorgt hatte. Jener kam und konnte mit Sicherheit bestätigen, daß Afru und Jen-Tsu-Tai allein in ihr Abteil gestiegen und nicht einmal auf dem Bahnhof mit irgendeiner Dame in Berührung gekommen seien.

In dem vergeblich grübelnden Louis stieg nun plötzlich in Verbindung mit dem seltsamen Gebaren des Hundes der Gedanke auf, Ivonne sei einem Verbrechen zum Opfer gefallen. Gleich darauf hatte er jenes unheilverkündende Telegramm aufgegeben, das Erwin im Hotel Bristol zugestellt worden war.

»Haben Sie die Polizei benachrichtigt?« war Erwins erste Frage.

Louis konnte bejahen. Direkt vom Telegraphenamt war er zur Präfektur gefahren und hatte dort alles, was er wußte, zu Protokoll gegeben. Zwei Stunden später waren dann mehrere Kriminalbeamte in der Villa gewesen, hatten alles genau besichtigt und ihn dann noch einmal zum Präfekten persönlich mitgenommen, dem er alles haarklein erzählen mußte. Es war also zu hoffen, daß bereits alles Menschenmögliche zur Rettung Ivonnes in die Wege geleitet wurde.

Erwin läutete die Präfektur sofort an. Der Präfekt hatte den Anruf erwartet und kam selbst an den Apparat.

»Gott sei Dank, daß Sie da sind!« rief er erfreut. »Meine ganze Hoffnung ruhte auf Ihrem schnellen Kommen!«

»Besteht denn irgendwelche Aussicht, daß meine Frau gefunden wird?«

»Natürlich. – Ich bin sogar fest davon überzeugt, daß sie sich wohlbehalten an Bord des Viktor Emmanuele befindet und nach Indien dampft.«

»Kann eine polizeiliche Durchsuchung des Schiffes telegraphisch angeordnet werden?«

»Ich habe bereits alles Erdenkliche unternommen, aber leider gar keine Erfolge erzielt. Der Viktor Emmanuele befindet sich augenblicklich entweder im Suez-Kanal oder bereits im Roten Meer, also durchweg in britischer Einflußsphäre. Da das Schiff aber nach Italien gehört und England eben aus politischen Gründen daran gelegen ist, jede Reiberei mit Mussolini zu vermeiden, ist der britische Konsul nicht zu überreden, auf Grund meiner Argumente, die er als zu unsicher bezeichnet, einen Eingriff durch die englischen Behörden in Athen oder Bombay zu veranlassen.«

»Was kann also sonst unternommen werden, um den Räubern ihre Beute abzujagen, ehe es zu spät ist?«

»Es kommt darauf an, ob Sie vor keinem finanziellen Opfer zurückschrecken!?«

»Vor keinem! Und ginge dabei mein ganzes Vermögen in die Brüche!«

»Sehr gut! – Ich empfehle Ihnen unter diesen Umständen, sich sofort mit einer Flugzeugfabrik zwecks käuflicher Überlassung eines Flugzeuges in Verbindung zu setzen und sich einige beherzte und zuverlässige Leute zu suchen, die Sie auf einer Reise nach Indien begleiten könnten. Alle Paßformalitäten sowie die Ausstellung von Vollmachten seitens der französischen Polizeibehörde übernehme ich natürlich zu sofortiger Erledigung. Ich nehme an, daß Sie bereits morgen früh fliegen können und werde unterdessen die Verhaftung Afrus in Paris veranlassen.«

Erwin hängte nach etlichen Abschieds- und Dankesworten den Hörer an und ließ sich ermattet und niedergeschlagen in einen Klubsessel fallen.

»Was ist dir?« erkundigte sich Francois voller Teilnahme.

»Es geht mir alles zu langsam, weißt du. – Morgen früh erst Abfahrt. Wer bürgt mir dafür, daß wir ohne Zwischenfall nach Indien gelangen. Kommt der Dampfer früher als ich in Bombay an, so ist Ivonne so gut wie verloren!«

»Das ist doch nicht gesagt. – Wir werden, da die englische Polizei sich nicht einmischen will, das französische Konsulat in Bombay telegraphisch benachrichtigen und um aufmerksame Beobachtung der an Land gehenden Passagiere und des Gepäcks bitten!«

»Das ist ein Gedanke! – Nun die zweite Frage, wo nehme ich so schnell ein Flugzeug her, das stark genug ist, die gewaltige Reise zu unternehmen und wo finde ich Begleiter, die sich bereit erklären, dieses immerhin recht abenteuerliche und gar nicht ungefährliche Unternehmen mitzumachen?«

»Nichts einfacher als das! Wegen des Flugzeuges verständige ich einen Kollegen in Paris. Dort gibt es jetzt eine ganze Reihe von Maschinen, die für die jetzt aktuellen Amerikaflüge belastungserprobt und startbereit sind. Es wird nicht übermäßig schwerhalten, eine davon zu erwerben. Was aber die Begleiter anbetrifft, so habe ich bereits im stillen eine Auswahl getroffen, die hoffentlich auch deinen Wünschen zusagen wird. Es sind Dr. Renee, Juffo und ich!«

»Ich weiß nicht, wie ich dir danken soll, daß du mich in dieser Situation nicht allein läßt. Das werde ich dir nie, nie vergessen!«

Erwin erhob sich und streckte dem Freunde die Hand hin, die jener nahm und kräftig schüttelte.

»Keine Ursache! Du weißt, daß ich immer so einen Hang zum Außergewöhnlichen gehabt habe, hier ist einmal eine Gelegenheit, seine überschüssigen Kräfte nutzbringend zu betätigen. – Also, um zum Schluß zu kommen. Ich gehe in mein Bureau und telegraphiere nach Paris. Du verständigst unterdessen den Doktor und Juffo.«

*

Der Flug wurde auf sieben Uhr morgens festgelegt. Bereits um sechs sollte die Maschine aus Paris eintreffen. Es war verabredet worden, sich in der Präfektur zu treffen, die Pässe und Polizeivollmachten in Empfang zu nehmen und dann gemeinsam nach dem Flugplatz hinauszufahren.

Die Nacht verging für alle Flugzeugteilnehmer – Renee und Juffo hatten ohne Zögern zugesagt – unter fieberhaften Vorbereitungen. Galt es doch nicht bloß die Überfahrt nach Bombay, sondern womöglich einen längeren Aufenthalt in Indien, da damit gerechnet werden mußte, daß Ivonne in das Innere des Landes verschleppt wurde und nur unter großen Hindernissen gerettet werden konnte. Man hatte auf Anraten des Präfekten beschlossen, sich offiziell als eine weltenbummelnde Jagdgesellschaft auszugeben und hatte auch die Papiere in diesem Sinne ausgestellt. So konnten die örtlichen indischen Behörden kein Mißtrauen fassen.

Fünf Minuten vor sechs traf das Flugzeug aus Paris ein und wurde sofort von einer Gruppe von Technikern und Ingenieuren noch einer letzten Besichtigung und Motorprüfung unterworfen. Unterdessen verfrachtete der vorläufig allein anwesende Juffo das gesamte Gepäck: Koffer, Zelte und Gewehre im Innern der recht geräumigen, für vier Passagiere berechneten Kabine.

Um dreiviertel sieben ratterte das Auto des Präfekten, der es sich nicht hatte nehmen lassen, die Herren persönlich zu begleiten, heran und hielt neben dem Leib des Riesenvogels, der unter dem Auf- und Abklettern der Mechaniker bebte und schwankte.

In letzter Minute war auf der Präfektur noch eine schlimme Botschaft aus Paris eingelaufen. Afru war entkommen! Die Polizeibeamten hatten erst lange vergeblich am Tor seiner Villa in Versailles gepocht und geklingelt, es schließlich gewaltsam geöffnet und im Innern des Hauses nichts als die etwas chaotisch verstreuten Überreste einer auf Flucht deutenden, überhasteten Abreise vorgefunden. Allem Anschein nach waren die Inder diesesmal endgültig verschwunden, denn auch das Gepäck der Dienerschaft, die Autos und sämtliche Benzinvorräte waren mitgenommen worden.

»Sie müssen mit dem Schlimmsten rechnen,« sagte der Präfekt sehr ernst zu Erwin, nachdem er ihm das Pariser Telegramm vorgelesen hatte. »Ich nehme an, daß sich Afru bereits ebenfalls auf dem Wege nach Indien befindet und sein früheres oder gleichzeitiges Eintreffen dürfte nicht nur ein Mißlingen Ihrer Pläne; sondern womöglich – was der Himmel verhüten möge – sogar den Tod Ihrer Frau im Gefolge haben!«

Man machte sich mit dem Piloten, einem früheren russischen Kampfflieger, Oberleutnant Sergej Gorbunow, bekannt, instruierte ihn über die Sachlage und bestieg dann das Flugzeug. Noch letztes Händeschütteln, letzte Wünsche und Abschiedsworte, dann begann der Motor zu bellen. Die Propeller wurden eingeschwenkt und eröffneten ihre rollende Musik. Das ganze Flugzeug schüttelte und bebte wie in wütender Erregung. Dann setzte es sich mit einem kurzen Ruck in Bewegung, eilte blitzschnell über das glatte Gelände und erhob sich ohne Anstrengung in schräger, immer mehr ansteigender Linie in die Luft. Bereits nach zwei Minuten war es in südöstlicher Richtung verschwunden.

*

Italien und das Adriatische Meer zogen unter den Fliegern vorüber. Um Mittag schwebten sie über dem Königreich Südslawien. Die wildzerklüfteten, schnee- und gletscherbedeckten Gipfel des Balkan- und Rhodopegebirges reckten ihre Häupter in bedrohlicher Nähe unter ihnen auf. Schließlich gingen sie in eine grüne, fruchtbare Ebene über, die von zwei breiten, in der Ferne scheinbar zusammenfindenden Flußläufen durchströmt wurde. Dann neue Hügel. Rechts eine gewaltige Wasserfläche. Nach einer halben Stunde links dasselbe Bild, plötzlich ein Gewirr von gelblichen würfelförmigen Gebäuden und minarettgeschmückten Moscheen. Querdurch eine blaufunkelnde Straße, das rechte und linke Wasser verbindend. Konstantinopel! Der Bosporus, die Fluten des Schwarzen Meeres in die Marmara hinüberleitend.

Weiter dröhnte der Propeller, ohne sein eintöniges Lied zu unterbrechen. Es begann langsam zu dunkeln. Der Sonnenball hing wie eine glühende, purpurne Träne im braunvioletten Dunst des westlichen Himmels, der von den Zacken eines felsigen Gebirges begrenzt wurde. Francois Courton löste den Oberleutnant Gorbunow am Steuer ab, der sich auch sogleich im bequemen Ledersessel des Ingenieurs ausstreckte und ohne etwas zu sagen einschlief. Unten glitten Kleinasiens nackte Berge, in ein eigenartig fahles Zwielicht getaucht, vorüber. Dann plötzlich und unvermittelt brach die Dunkelheit herein. Renee und Juffo schliefen nun ebenfalls. Erwin hielt es als einziger Wacher nicht mehr allein in der Kabine aus. Er ging nach vorne und setzte sich neben Francois. Obgleich er wußte, daß auch hier ein Gespräch infolge des Propellergetöses so gut wie ausgeschlossen sei, fühlte er sich in dieser Umgebung doch wohler als in dem Halbdunkeln, vom Dunst der schlafenden Männer erfüllten Passagierraum.

Um Mitternacht überquerten sie Armenien und im Morgengrauen gingen sie auf dem bei der persischen Residenz Teheran gelegenen Flugplatz des deutschen Äro-Lloyds nieder, um die Benzintanks zu füllen und die Motoren nachzusehen.

Nach zweistündiger Pause, in der die fünf Männer vergeblich versuchten, etwas Gelenkigkeit in ihre steifgewordenen Gliedmaßen zu bringen, bestiegen sie seufzend wieder ihr Flugzeug, um sich von neuem dem Reich der Lüfte anzuvertrauen. Diesesmal flogen sie jedoch nicht wie anfangs in südlicher Richtung, sondern steuerten direkt nach Süden über das persische Meer auf die Küste des Sultanats Oman zu. Diese Kursänderung war durch eine aus Frankreich für Erwin in Teheran eingelaufene Funkdepesche bewirkt worden, in der der Marseiller Präfekt ihm mitteilte, der Viktor Emmanuele befinde sich im Roten Meer vor Aden.

War der Flug bisher bei schönstem Wetter von statten gegangen, so zeigten nun doch im Westen sich auftürmende Wolkenmassen, daß Asiens Natur nicht gewillt sei, die fünf fremden Männer ohne Kampf in sein Inneres zu lassen. Je höher die Sonne stieg, um so drohender bewölkte sich der Himmel. Gelegentlich zuckten grelle Blitze und wurden von ohrenbetäubenden Donnerschlägen begleitet. Gorbunow setzte das Höhensteuer in Bewegung und ließ die Maschine steigen. Bald waren sie von düsteren Wolkenschleiern eingehüllt, die Bergketten Farsistans verschwanden, und endlich leuchtete wieder blauer Himmel. Allerdings von der Erde war nichts zu sehen, so weit das Auge reichte, brodelte in der Tiefe ein wild durcheinanderwogendes, donnerndes Wolkenchaos, dessen klobige, grotesk geformte Wogen wild gegeneinander stürmten. Dazu herrschte in dieser Höhe ein beträchtlicher Sturm, der sie, da die Erdorientierung versagte, leicht aus der eingeschlagenen Richtung bringen konnte.

Als etwa fünf Uhr nachmittags war, erklärte Gorbunow, sie müßten sich seiner Berechnung nach nunmehr längst über dem Sultanat Oman oder der arabischen Wüste befinden, und er werde daher zur Orientierung durch die Wolken hindurch bis auf eine geringe Flughöhe hinabgehen. Überdies schien das Gewitter nachgelassen zu haben, die violette Bronzefarbe der Wolken hatte sich verloren und war einem einförmigen, undurchdringlichen Grau gewichen.

Gorbunow drosselte den Motor ab, das Geräusch der Propeller verstummte, und sie begannen zu sinken, in langsamem Gleitflug, tiefer und tiefer, während die vorüberströmende Luft pfeifend an den Wänden des Führerstandes und der Kabine entlangbrauste. Regenfluten setzten plötzlich ein und überspülten trommelnd die Metallhaube der Kabine. Dann wurden schließlich wie durch einen dichten Schleier, allmählich aber immer deutlicher und deutlicher, die Umrisse eines bewaldeten Gebirges sichtbar.

Man holte Karten hervor und versuchte sich zu orientieren. Laut diesen war im östlichen Teil Arabiens nur an der Küste Osmans ein mittelgroßes Gebirge vorhanden, sonst aber dehnte sich überall unübersehbare Sandwüste. Sie gingen noch etwas tiefer und flogen dann scharf nach Westen, um an den Rand des Gebirges zu gelangen. Aber vergeblich. Sie sahen zuweilen langgestreckte Täler, in denen sich kleine Dörfer befanden, vor deren windschiefen Hütten sich die Menschen scharenweise versammelten, um nach dem schnarrenden Riesenvogel emporzustarren. Aber nirgends bemerkten sie auch nur das geringste Anzeichen einer wüstenähnlichen Landschaft.

»Wir sind überhaupt nicht in Arabien!« entschied schließlich Courton, als sie bereits eine Stunde dieselbe Richtung eingehalten hatten, ohne zu irgendeinem Ergebnis zu kommen.

»Der Sturm hat uns nach Osten abgetrieben und wir befinden uns in der Nähe des mittelasiatischen Gebirges. Diese Dörfer haben mir von Anfang an nicht nach arabischen Niederlassungen ausgesehen.«

Er wollte weitersprechen, hielt aber inne und wies auf zwei kleine Löcher, die sich plötzlich unter einem knirschenden Geräusch unten im Fußboden und oben in der Dachhaube gebildet hatten und durch die sogleich die vorwitzigen Regentropfen hereinzusickern begannen.

Erwin erfaßte als erster, worum es sich handelte.

»Wir werden beschossen!« rief er erregt.

Wie zur Bestätigung seiner Worte zerplatzte laut knallend eine Fensterscheibe und überschüttete die Insassen der Kabine mit einem Hagel von Glassplittern.

Gorbunow schien nun auch etwas gemerkt zu haben, denn das Donnern des Motors verstärkte sich plötzlich, wurde tief und dröhnend, und die Erde begann zu fallen. Durch ihre Krimstecher sahen sie noch eine Schar von berittenen Männern, die in wahnsinniger Eile eine Straße entlang sprengten und ihre langen Büchsen in die Luft abfeuerten. Es handelte sich wahrscheinlich um Soldaten irgendeines asiatischen Kleinstaates, die in dem auffallend niedrigen Flug des Äroplans einen Spionageakt witterten.

Sie flogen und flogen. Es wurde dunkel. Gorbunow und Courton wechselten wie am Abend vorher ihre Plätze. Erwin saß regungslos in seinem Sessel, obgleich er von einer verzweifelten Unruhe gefoltert wurde. Wenn sie auch den Viktor Emmanuele nicht abfingen! Aber wenigstens in Bombay mußten sie früher sein als der Dampfer.

Plötzlich fuhren alle auf. Selbst der ermüdete Gorbunow, der in einen todähnlichen Schlaf verfallen war. Der Motor hatte ausgesetzt. Einmal, zweimal schnarchte er noch asthmatisch auf, dann gab es ein lang anhaltendes böses Rasseln und dann wurde es ganz still. Nur das Singen der Luft!

Gorbunow sprang auf und eilte in den Führerstand. Ihm nach drängten die anderen Männer. Alle wußten, daß sich etwas Schlimmes ereignet haben mußte.

»Das Benzin ist alle...!« erklärte Francois Courton achselzuckend und wies auf eine Meßuhr, deren Zeiger auf Null stand.

»Das ist unmöglich!« schrie Gorbunow. »Ich habe in Teheran sämtliche Tanks gefüllt! Mit dem Quantum müßten wir bis morgen abend reichen!«

»O ja, wir müßten ..., wenn wir nicht beschossen worden wären. Ich bin davon überzeugt, daß eine Kugel das Zufuhrrohr durchbohrt hat und daß der Inhalt der Tanks auf diese Weise zwar langsam, aber doch mit grausamer Sicherheit ausgelaufen ist!«

Ein minutenlanges Schweigen trat ein. Alle fühlten, daß der Ingenieur recht haben mußte, denn es gab schlechthin keine andere Erklärung.

Courton hatte wieder am Steuer Platz genommen und starrte auf die sich mit großer Schnelligkeit nähernde Erde hinab. Glücklicherweise hatten sich die Wolken nach Anbruch der Dunkelheit geteilt und das Licht des Mondes beherrschte, wenn auch ziemlich unsicher, das Gelände.

»Hinsetzen!« schrie Courton plötzlich warnend den anderen zu und machte eine verzweifelte Anstrengung, die Maschine zu fangen. Dicht unter den Rädern wurden die Gipfel ausgedehnter Tannenwälder sichtbar.

Nur so lange das Flugzeug in der Luft halten, bis eine Lichtung kam, nur so lange! Dann war alles gerettet! – Aber die Lichtung kam nicht. Es gab urplötzlich einen furchtbaren Stoß, so furchtbar, daß sämtliche Insassen aus ihren Sesseln gegen die ledergepolsterten Kabinenwände geschleudert wurden. Dann ließ sich ein Krachen, Prasseln und Splittern vernehmen, und die Maschine stand still. Rechts und links an die Fenster aber legten sich wie zahllose Finger grüne geisterhafte Hände die Kronen der Bäume, in denen das Flugzeug steckengeblieben war.

Erwin und Gorbunow wollten sofort hinaus. Aber Renee und Courton rieten energisch ab.

»Es hat keinen Zweck, daß ihr jetzt in der Nacht in den Wäldern umherirrt und euch allen möglichen Eventualitäten aussetzt,« sagte Courton. »Wir bleiben vorläufig in der Kabine, machen es uns so bequem wie möglich und schlafen bis Sonnenaufgang. Dann wollen wir weiter sehen.«

So schlimm der ganze Zwischenfall war, so erwies es sich am nächsten Morgen doch, daß er noch unangenehmer hätte ausgehen können. Denn die Maschine war bis auf ein paar Risse in den Tragflächen wunderbarerweise heil geblieben. Nirgends ein Defekt. Sogar die Propeller hatten sich so günstig in die Äste geschoben, daß man hoffen konnte, das Flugzeug gänzlich unversehrt auf den Boden zu bekommen.

Man schied sich in zwei Abteilungen. Erwin und Gorbunow begaben sich auf die Suche nach einer menschlichen Niederlassung, um Hilfe herbeizuholen, während die übrigen Männer das festgefahrene Flugzeug bewachen sollten.

Stundenlang wandelten die beiden Kundschafter umher. Immer weiter und weiter entfernten sie sich vom Landungsplatz, immer höher und höher stieg die glühende Sonne. Endlich um Mittagszeit bemerkten sie ein paar Lehmhütten, in deren Umgebung struppige Pferde weideten. Große Hunde stürzten laut bellend auf die Ankömmlinge los. Dann erschienen mehrere wenig Vertrauen erweckend aussehende Männer in langen, braunen Mänteln, und schlenderten ihnen, die Hunde zurückrufend, entgegen.

»Paß ...Paß!« war das erste, was sie mit lebhaften Handbewegungen verlangten. Allem Anschein nach hatte man es mit einer Grenzwache oder Gendarmeriestation zu tun. Als sie die gewünschten Papiere erhalten hatten, zogen sie sich zu einer langen Beratung zurück, flüsterten geheimnisvoll miteinander und erklärten schließlich durch nicht mißzuverstehende Gesten, die

Herren müßten dableiben, bis die Pässe von irgendeinem »Pan Inspektor« visiert seien. Gorbunow suchte ihnen auf russisch begreiflich zu machen, daß das unter keinen Umständen ginge, da sie keine Zeit verlieren dürften, sondern im Gegenteil Hilfe brauchten, um ihr Flugzeug wieder flott zu bekommen. Aber die Leute ließen sich von ihrem Entschluß nicht abbringen. Das Flugzeug sollte zwar heruntergeholt und auf einen bequemen Startplatz transportiert werden, aber bis der Pan Inspektor käme, müßten die Herren sich schon gedulden.

Wann denn die Ankunft des Beamten zu erwarten sei?

Nun in ein, zwei Wochen höchstens!

Erwin war der Verzweifelung nahe. – Ein bis zwei Wochen. Dann konnte es längst zu spät sein. Bis dahin war Afru sicher dort und sorgte dafür, daß Ivonne heimlich verschwand. Allein weder Bitten noch Drohungen halfen. Er und Gorbunow wurden in einer Hütte eingeschlossen und am Abend kamen die drei anderen Herren, die man unterdessen auch dingfest gemacht hatte, noch hinzu.

Endlos krochen die Tage dahin. Kein Inspektor ließ sich sehen. Wenn man fragte, gab es nur die lakonische Antwort:

»Er wird schon kommen. Es hat ja noch Zeit!«

Als die zweite Woche zur Neige ging und sich noch immer keine Aussicht auf Befreiung zeigte, beschloß Erwin, einen der afghanischen Grenzwächter zu bestechen und mit dessen Hilfe heimlich davonzufliegen. Gorbunow, der sich dank seiner russischen Sprachkenntnisse zur Not mit den Eingeborenen verständigen konnte, führte die Unterhandlungen. Erst weigerte sich der Mann, aber dann, als er bares Geld sah, wurde er zugänglicher und versprach in der folgenden Nacht aus dem nahen Städtchen Chasch Benzin und einen Techniker herbeizuschaffen.

Diese Nacht war sehr dunkel, was der Flucht sehr zustatten kam. Ohne daß die schlafenden Wächter etwas merkten, hoben die Männer mit Hilfe einiger Werkzeuge, die ihnen der Afghane zugesteckt hatte, ein Fenster aus und eilten zum Startplatz. Der Techniker war mit dem Benzin bereits eingetroffen. In großer Hast machte man sich daran, beim Schein einiger Blendlaternen das durchlöcherte Rohr zu verlöten und die Tanks zu füllen. Nach Mitternacht war endlich alles fertig. Gorbunow kletterte in den Führerstand und ließ den Motor anspringen. Die elektrische Innenbeleuchtung erstrahlte, die Kabine wurde bestiegen und die Türen klappten dumpf zu. Gleich darauf begann das Flugzeug zu rollen und erhob sich nach wenigen Sekunden in die Luft. Fort ging es in rasender Fahrt nach Süden!

Am Nachmittag landete Gorbunow auf dem Flugplatz von Bombay. Erwin mietete ein Auto und fuhr direkt zum französischen Konsulat. Dort wurde ihm mitgeteilt, daß der Viktor Emmanuele am Vortage in Bombay eingelaufen und tatsächlich ein schwarzer Koffer, wie der von Erwin beschriebene, an Land gebracht worden sei. Soviel sich hatte beobachten lassen, war er in einem Luxuswagen des Maharadscha von Sukentala am Abend mit der Nordbahn abtransportiert worden.

Erwin bedankte sich und fuhr auf den Flugplatz zurück. Dort teilte er seinen Freunden alles mit, was er erfahren hatte. Es wurde beschlossen, ohne in Bombay Aufenthalt zu nehmen, sofort den Flug an die Grenze von Nepal, wo der Rajapalast von Sukentala am Ufer der Flusses Gandak gelegen war, fortzusetzen und nicht eher zu ruhen, als bis der Aufenthaltsort und das Schicksal Ivonnes erkundet war.

Kapitel 15
Zwischen Tod und Leben

Akkad, der Maharadscha von Sukentala, saß auf dem flachen Dache seines Gartenpalastes und schaute nachdenklich über die dunkelgrünen Baumwipfel des Parkes hinweg auf die aus bläulichen Fernnebeln schwarz und drohend aufragenden Kuppen des Himalajagebirges. Neben ihm stand regungslos, mit über der Brust gekreuzten Armen, ein großer breitschulteriger Mann, dessen finsteren Gesichtszügen es anzumerken war, daß er das Leben nicht von der heiteren Seite zu nehmen pflegte.

»Du willst eine Antwort, Bandar...?« sagte schließlich der junge Herrscher zögernd und befreite sich mit einem Seufzer von dem Zauber des wunderschönen Panoramas. »Du willst eine Antwort? – Aber du mußt zugeben, daß es schwer ist, ein Urteil zu fällen, wo das Herz noch im Spiel ist!?«

Bandar neigte ein wenig den Kopf, ohne aber die Strenge seines Gesichtsausdrucks auch nur im geringsten zu mildern.

»Ich verstehe alles, Herr! Aber es gibt eine Grenze, wo das Verständnis aufhören, und der Egoismus, das ist die Pflicht gegen sich selbst, anfangen muß. Ich glaube, du bist an dieser Grenze angelangt!«

»Das heißt: sie soll sterben!?«

»Ja!«

Eine Pause entstand. Der Maharadscha stützte den Kopf in die Hände und dachte angestrengt nach. Dann richtete er sich plötzlich wieder auf, sah Bandar voll in die Augen und rief:

»Man sagt, daß du so klug seist! – Beweise es dadurch, daß du einen Ausweg findest!«

»Es gibt keinen Ausweg, wo die Götter befehlen!«

»Aber wie lange soll dieser Totentanz denn noch dauern! Ich für meine Person habe ihn satt!«

»Herr, es liegt nur an dir, ein Ende zu machen.«

»Indem ich heirate? – Schön, ich werde es tun. Ich werde Ivonne zur Fürstin von Sukentala krönen! Aber – lasse Jeannette leben!«

»Herr, du weißt, daß das unmöglich ist, denn du weißt, wie der Spruch lautet: Jede der fremden Frauen soll sterben, bis Akkad das Weib gefunden hat, das seine Seele braucht!«

Der Maharadscha lachte höhnisch auf.

»Das Weib, das meine Seele braucht!? – Bandar, glaubst du, daß es solch ein Weib gibt? Und gesetzt den Fall, Ivonne wäre wirklich die Richtige, was könnten wir tun, wenn sie sich dem widersetzte, den Thron mit mir zu teilen?«

»Du müßtest sie zwingen, Herr!«

»Zwingen ... zwingen ...! – Man merkt, daß du nie mit Frauen umgegangen bist – Bandar, ich sage dir, ich übernehme es eher, deinen stählernen Willen zu beugen, als gegen den launenhaften Eigensinn eines verwöhnten Weibes anzukämpfen!«

»Dann muß eben auch sie verschwinden! Andere werden kommen, die gefügiger sind. Es gibt für alles ein Mittel: den Tod!«

»Aber ich will nicht mehr! Ich sagte dir, ich habe es satt. Wenn ich an der Puppenkammer vorüberkomme, packt mich ein Grauen.«

»Du wirst älter werden, Herr ... und härter.«

Akkad erhob sich.

»Es hat keinen Zweck, daß wir uns über dies alles unterhalten. Ich kenne deinen Standpunkt und du meinen. – Geh und rufe mir Ivonne!«

»Gleich Herr ... Aber zuvor sage mir: wann soll es geschehen?«

»Nie!«

»Herr, sie muß sterben!«

»Nein!«

»Es gibt ein Gesetz: wenn der Fürst sich gegen das Gebot der Götter auflehnt, so soll der Priester es an seiner Stelle erfüllen. Noch drei Tage, Herr! wenn ich dann nicht deinen Befehl habe, tue ich es im Namen der Götter!«

Bandar verneigte sich gemessen und verschwand in der Tiefe des Hauses. Akkad sah ihm zornig nach und ballte die Faust. Aber es war eine schmale, verweichlichte Knabenfaust, die noch nicht gelernt hatte, selbständig zu handeln.

»Ich werde von ihm behandelt wie ein Kind!« sagte er schließlich zu sich selbst, »Dabei bin ich der Fürst. Damit er seinen Blutrausch hat, müssen die Menschen, die ich liebe, sterben!«

Er stand auf und ging erregt zwischen den Rabatten umher, deren seltsam geformte Blumen einen betäubenden Duft ausströmten.

Wenn Ivonne ihn lieben wollte, dann wäre alles gut! Alle hatten sie ihn geliebt. Oder doch so getan. Auch die rote Jeannette. – Aber Ivonne war anders.

In diesem Augenblick hörte er leichte Schritte und gleich darauf erschien die Frau, mit der sich die Gedanken Akkads beschäftigten, auf dem Dach.

Er errötete wie ein Schuljunge, der in eine reife Frau verliebt ist und ging zögernd auf sie zu.

Sie streckte ihm die Hand entgegen, über die er sich beugte.

»Sie haben mich rufen lassen, Fürst, obgleich es angemessener gewesen wäre, daß Sie sich zu mir bemüht hätten. Aber da ich hoffte, daß Sie mir meine Freilassung mitteilen wollten, bin ich doch gekommen.«

Sie lächelte. Es war ein Lächeln, das seine Ruhe und Geistesgegenwart vollends zunichte machte. Fassungslos stammelte er irgendeine Entschuldigung.

»Ich wollte Sie bitten, mit mir eine Gondelfahrt zu unternehmen...«, stieß er endlich hervor.

»Eine Gondelfahrt? – Oh, das ist reizend! Allerdings müssen Sie versprechen, ganz artig zu sein!?«

Er biß sich in die Unterlippe, daß es ihn schmerzte. Dieser Ton machte ihn rasend. Er zog eine Mauer um diese Frau, die von Stunde zu Stunde unübersteigbarer wurde, denn sie verhinderte jede Annäherung und jeden Ernst der Unterhaltung.

»Warum ziehen Sie alles ins Lächerliche?« fragte er zornig.

»Weil Sie nicht darauf hören, wenn ich vernünftig mit Ihnen spreche.«

Sie standen dicht voreinander, Auge um Auge und ohne die Blicke zu senken. Akkad fühlte, wie das Blut in ihm aufrauschte unter dem Fluidum dieser Frau, wie sein Begehren ins Unermeßliche stieg und dadurch um so machtloser zerschellte. Er hätte sich vor ihr auf die Knie werfen und sein Gesicht in ihr seidenes Gewand pressen mögen und sie bitten, bitten...!

Schließlich sagte er, sich mühsam beherrschend:

»Auch ich bin nur ein Mann! Was kann ich dafür, daß ich Sie liebe?«

Ivonne fühlte, daß er nicht log. Daß es sein tiefster, heiligster Ernst war. Und ein gewisses Mitleid überkam sie.

»Mußten Sie mich dazu aus meiner Heimat rauben lassen, um hier durch mich unglücklich zu werden?«

Er senkte den Kopf.

»Ich habe Sie nicht rauben lassen. – Das Schicksal bestimmte es, daß gerade Sie kommen mußten. Und in allem liegt ein göttlicher Sinn.«

»Ich sehe ihn nicht.«

»Bandar behauptet, das sei unnötig. Man müsse an den göttlichen Sinn glauben, ohne zu sehen.«

»Wer ist Bandar?«

»Der Mann, der Sie eben zu mir rief. Er ist der höchste Priester und mächtigste Mann von Sukentala!«

Ivonne begriff plötzlich, daß sie sich nicht gegen diesen jungen, knabenhaften Fürsten, sondern gegen jenen finsteren, wortkargen Menschen zu wehren hatte, der ihr vom ersten Augenblick an unheimlich gewesen war.

»Vielleicht hat Bandar recht...!« sagte sie daher vorsichtig.

»Er hat immer recht. – – Leider!«

Sie stiegen nebeneinander die Stufen in den Palast hinab. In einem der Säle plätscherte ein Springbrunnen, dessen funkelnde Wasserköpfen von einem Becken aufgefangen wurden, das aus einem einzigen, blutroten Stein gehauen war. Ivonne wollte das Kunstwerk bewundern, wurde aber von Akkad daran gehindert.

»Kommen Sie!« sagte er, als quäle ihn eine geheime Furcht. »Ich liebe diesen Raum nicht!«

Sie traten hinaus in den Park, bestiegen eine Sänfte und ließen sich bis an den Fluß Gandak tragen, dessen Fluten in einiger Entfernung träge vorüberzogen. An seinem Ufer lag eine vergoldete Gondel bereit, unter deren purpurnem Baldachin sie sich auf einem Lager seidener Kissen niederließen. Langsam trieben sie den Strom hinab.

Eine Weile sprachen sie nichts. Ivonne starrte traumverloren auf den grünbraunen Wasserspiegel, der allenthalben von einer dichten Bambusrohr- und Schlingpflanzenmauer begleitet wurde. Seltsame, in bunten Farben schillernde Vögel schossen zuweilen aus dem Blattwerk, stürzten sich hastig in das Wasser und schlüpften dann wieder mit einem Fisch im Schnabel in ihre Verstecke zurück. Auf einer kleinen Sandbank lagen faul, mit halbgeschlossenen Augenlidern und hängenden Unterkiefern einige Krokodile und blinzelten gleichmütig nach der Gondel hinüber. Kleine Affen trieben ihr Spiel in den Baumkronen, kreischten zuweilen übermütig und bewarfen sich gegenseitig mit Nüssen und Früchten.

»Wie wunderschön ist es hier!« sagte Ivonne nach einiger Zeit und schaute sich nach ihrem Begleiter um, der sich dicht neben ihr auf einem gepolsterten Schemel niedergelassen und die Hände um die emporgezogenen Knie gefaltet hatte.

Akkad nickte.

»Sehr schön! – – Aber was hat man davon, wenn man nicht glücklich ist?«

»Sie könnten es sein, wenn Sie wollten.«

»Nein. Ich könnte es nicht sein. Auf mir lastet ein Fluch!«

»Davon haben Sie mir noch nichts erzählt.«

»Ich zögerte bisher damit, aber ich habe eingesehen, daß es keinen Zweck hat. Sie sollen alles von mir wissen und danach Ihre eigene Lage beurteilen lernen.«

»Sie machen mich neugierig Fürst.«

»Meine Eltern waren lange kinderlos. Da sie darunter sehr litten und sich über alles einen Sohn wünschten, gingen sie eines Tages in den Tempel, in dem damals Bandars Vater Priesterdienste tat, klagten ihm ihr Leid und baten ihn um Rat und Hilfe.«

»Ihr könntet einen Sohn bekommen,« antwortete er, »aber ihr müßtet für sein Leben ein Gelübde tun. – Das Blut eures alten Geschlechtes ist krank und giftig geworden, neue Kraft soll von außen her hineingeleitet werden, verpfändet mir daher euer Fürstenwort, daß euer Sohn nur eine ausländische Frau zum Weibe nehmen wird, und daß alle Frauen, die ihn vor der Ehe mit ihrer Liebe beschenken, zu Ehren der Götter getötet werden – dann soll euer Wunsch in Erfüllung gehen.«

»Meine Eltern bedachten sich nicht lange, schwuren, was Bandars Vater verlangte, und hatten merkwürdigerweise nach Ablauf eines Jahres wirklich die Freude, mich als Stammhalter und Thronerben begrüßen zu dürfen.«

Ivonne überlief ein Grauen. Sie begriff plötzlich, wo all die Frauen geblieben waren, die Afru vor ihr im schwarzen Koffer nach Indien geschickt hatte, und daß auch sie unrettbar verloren war, wenn sie nicht von außen her befreit wurde oder sich mit Akkad vermählte.

»Auf welche Weise wurden Ihre Geliebten getötet?« fragte sie zaghaft.

»Ich darf es nicht sagen...!« antwortete Akkad und sein Gesicht wurde finster und abweisend. »Ich darf es nicht sagen! Aber Sie können sich darauf verlassen, es ist furchtbar!«

»Und wer tut es?«

»Wer? – Bandar natürlich. Er ist doch Priester!«

Bandar? In Ivonnes Geist blitzte plötzlich ein Gedanke auf, grell und grotesk, aber gleichzeitig von einer solchen Klarheit, daß sie erschrak. Wenn Bandar getötet wurde, war sie gerettet! Einmal hatte ihre Hand zu lange gezögert! Damals an jenem Morgen über Afrus Lager in der Kabine der Motorjacht! Sie hatte ihre Unentschlossenheit bitter bereuen müssen. Diesmal würde sie sich nicht scheuen, das Herz eines noch gefährlicheren Feindes zu durchbohren! Und dann – lebte nicht womöglich ihre Vorgängerin?! Hatte sie nicht die Pflicht, nun, da sie über alles orientiert war, die Menschheit von diesem frauenmordenden Scheusal zu befreien? Judith, Judith ...! Es war doch ihr Los!

»Woran denken Sie?« sagte Akkad plötzlich dicht neben ihr und ergriff ihre Hand. »Sie haben ganz wilde Augen!«

Sie lachte auf. Schrill und nervös.

»So? – Vielleicht habe ich auch wilde Gedanken!«

Akkad legte ihre Erregung falsch aus und kam noch näher.

»Ivonne! Ich kenne kein Weib, das Ihnen gleicht! Ich liebe Sie wie das Leben!«

Sie wußte, daß allzu abweisendes Wesen ihr schaden konnte und daß sie sich seine Zuneigung unter allen Umständen erhalten mußte, bis die Würfel gefallen waren.

Darum ließ sie ihm ihre Hand und fragte leise:

»Was darf ich mir wünschen, wenn ich mich bereit erkläre, Ihre Frau zu werden?«

Er sprang so ungestüm auf, daß das leicht gebaute Boot heftig zu schwanken begann und die Ruderer Mühe hatten, es wieder ins Gleichgewicht zu bringen.

»Was – – Alles! Soweit Ihr Auge reicht, gehört dann alles Ihnen! Alles ... alles ...!«

»Auch die Menschen?«

»Auch die!«

»Auch Bandar?«

Er wollte wieder bejahen, bedachte sich aber im letzten Augenblick und wurde ganz blaß.

»Wie meinen Sie das ...?« fragte er unsicher.

»Ganz wie ich es sagte.«

Er setzte sich nieder und verbarg das Gesicht in den Händen.

»Bandar kann keinem Menschen gehören,« stieß er schließlich hervor. »Bandar gehört den Göttern!«

»Und wenn die Götter ihn töten?!«

»Die Götter ...?«

Er hob den Kopf und sah ihr starr in die Augen. Er begriff dunkel, was das Weib meinte. Begriff, daß dieser Gedanke zur Befreiung führen konnte, daß er selbst aber zu schwach war, ihn auszuführen.

Ivonne schmiegte sich ganz eng an ihn, so eng, daß er die weichen Formen ihres wundervollen Körpers fühlte und ihren Duft atmete.

»Wenn Bandar stirbt, werde ich Ihr Weib ...!« flüsterte sie lockend.

Er stöhnte auf wie ein verwundetes Tier. Seine Hände zitterten und auf seiner Stirn perlte eisiger Schweiß. Nie hatte eine Leidenschaft ihn so maßlos erschüttert.

In diesem Augenblick, da Akkad nahe daran war, seine Seele zu verkaufen und wirklich den Entschluß zu einer sehr blutigen Tat zu fassen, ereignete sich etwas sehr Merkwürdiges. Ivonne sprang auf und bedeutete den Ruderern in ihrer Tätigkeit innezuhalten.

Gleichzeitig beugte sie sich über den Bootsrand und begann eifrig und gespannt nach dem Himmel zu schauen.

Akkad begriff zuerst nicht, worum es sich handelte. Aber dann vernahm er irgendwo aus der Luft ein mahlendes, rollendes Geräusch, das sich von Sekunde zu Sekunde verstärkte.

Ein Flieger jedenfalls! Das war hier keine Seltenheit, seitdem die chinesischen Unruhen eingesetzt und die Engländer Verstärkungen aus Indien nach Schanghai entsandt hatten. Die Verbindung zwischen diesen Truppen und ihren indischen Kommandostellen wurde allem An-schein nach auf dem Luftwege unterhalten. Er wunderte sich, daß Ivonne als Europäerin einem so alltäglichen Vorkommnis so lebhaftes Interesse entgegenbringen konnte.

Es dauerte einige Minuten, bis der Äroplan sichtbar wurde. Es war ein sehr schweres, stabiles Verkehrsflugzeug, das aus genau südwestlicher Richtung auf Sukentala zuflog und sich eigen-artigerweise viel niedriger hielt, als man das von den englischen Militärfliegern gewohnt war.

Als es schließlich über dem Palast angelangt war, verstummte plötzlich das Propellergedröhn, die Maschine begann in eleganten Schraubenwindungen zu sinken und verschwand schließlich hinter den Gipfeln der Bäume.

»Sie haben Besuch bekommen…!« rief Ivonne und wandte sich nach Akkad um, der mit verständnislosen Blicken den Manövern des Flugzeugs gefolgt war. »Wer unter Ihren Bekannten ist im glücklichen Besitz eines so schönen Äroplans?«

»Niemand!« antwortete Akkad und zuckte die Schultern: »Wahrscheinlich eine Notlandung oder ein Versehen.«

Trotzdem befahl er den Ruderern umzukehren. Sie fuhren zurück und stiegen an Land. Bereits im Park begegnete ihnen ein Bedienter, der Akkad mitteilte, eine europäische Jagdgesellschaft sei soeben im Flugzeug eingetroffen und bitte um die Erlaubnis, sich dem Maharadscha vorstellen zu dürfen. Scheinbar hätten die Fremden die Absicht, einige Tage in der Gegend zu verweilen.

Akkad verabschiedete sich mißmutig von Ivonne und folgte dem Manne, um die Gäste zu empfangen. Sie aber ahnte, daß es ihre Freunde waren, die sich aufgemacht hatten um sie zu befreien!

Kapitel 16
Ivonnes Tanz

So unzufrieden Akkad anfangs über den unerwarteten Besuch gewesen war, ebenso angenehm sah er sich enttäuscht, als die Fremden sich ihm vorgestellt hatten. Es waren durchweg sehr liebenswürdige Männer, denen ausnahmsweise nichts von der eckigen, unnatürlichen Arroganz, die sonst Europäern im Umgang mit Fremdstämmigen eigen zu sein pflegt, anhaftete. So fand er denn auch keinen Grund, ihre Bitte, sich einige Zeit bei ihm aufhalten und in seinem Gebiet jagen zu dürfen, abschlägig zu beantworten, sondern ließ im Gegenteil einige luxuriöse Gemächer seines weitläufigen Palastes anweisen. Für den Abend aber bat er sie, sich im großen Prunksaal zu einem Feste, das er ihnen zu Ehren geben wollte, einzufinden.

Erwin und seine Kameraden waren mit dem Ergebnis dieser ersten Audienz aufs höchste zufrieden.

»Ich habe mir in der Person des Maharadscha alles andere vorgestellt als einen so freundlichen Jüngling mit so vollendeten europäischen Manieren,« gestand Erwin, nachdem sie ihre Gemächer bezogen und sich die Türen hinter den indischen Bedienten geschlossen hatten. »Man sollte es kaum für möglich halten, daß dieser überschlanke, knabenhafte Mensch mit den großen, verträumten Rehaugen ein so ausgepichter Don Juan oder gar Blaubart sein sollte. Ich fürchte vielmehr, daß er nur das Schutzschild irgendeiner anderen Person ist, die im Schatten seiner Macht allerlei Greueltaten verübt.«

»Auch mir ist dieser Gedanke gekommen,« antwortete Dr. Renee, während er sich daran machte, eine winzige Browningpistole auf das eingehendste nachzusehen. »Auf alle Fälle wird höchstwahrscheinlich das zu heute abend angesagte Fest eine willkommene Gelegenheit bieten, sich unter den Söhnen des Landes umzuschauen und aus ihrem Äußeren und ihrem Verhalten allerlei Schlüsse zu ziehen.«

Auch die anderen Herren machten sich nun daran, ihre Waffen nachzusehen, denn erstens mußte man in diesem geheimnisvollen Lande auf das Schlimmste gefaßt sein, und andererseits war es anzunehmen, daß die Befreiung Ivonnes nicht ohne Zwischenfall vonstatten gehen würde.

Der Abend kam und tiefblaue Dunkelheit senkte sich auf das Gandakdschungel und den von seinen grünen Wänden eingeschlossenen Rajapalast von Sukentala. Eintönig hallte der Ruf der schwerbewaffneten Wächter, die auf den breiten Mauern auf- und niedergingen, durch die Nacht und wurde nur zuweilen durch das langgezogene, blutdürstige Gebrüll beutesuchender Tiger, die in den nahen Bambusdickichten umherschlichen, überstimmt.

»Weh dem, der von hier fliehen muß...!« sagte Courton leise. »Wer nicht von den Wächtern erschlagen wird, den zerreißen draußen im Dschungel die Tiger!«

Aber Gorbunow lachte.

»Wozu haben wir das Äro?!« meinte er sorglos. »Während ihr die Sache innen perfekt macht, klemm ich mich schon auf die Kiste und kurbele an. Nur hereinzuhupfen braucht ihr, und wir sausen los.«

Sein unverwüstlicher Humor rüttelte auch die anderen wieder auf. Sie waren sämtlich zum erstenmal in Indien und die schwüle, drückende Atmosphäre dieses Landes lastete auf ihnen wie ein Alp. Dazu taten der düstere Prunk der uralten Gemächer, das Gefühl, von aller zivilisierten Welt völlig abgeschnitten zu sein und die Ungewißheit der Situation das Ihre. Wenn sie wenigstens gewußt hätten, wie und wo Ivonne oder gar auch ihre Vorgängerinnen gefangen gehalten wurden. Womöglich befanden sie sich in nächster Nähe.

Etwa um die neunte Stunde nach europäischer Zeit erschien ein von Akkad entsandter Bote und bat die Herren, sich in den Festsaal begeben zu wollen. Durch eine lange Reihe schwach erhellter Säle und Gemächer schritten sie hinter dem lautlos und gespensterhaft vor ihnen hergleitenden Manne hin. Sie bedauerten, den Gang nicht langsamer machen zu können, denn aus dem Halbdunkel lockten so grotesk gestaltete Bildwerke, funkelten so seltsame Geräte und

Waffen, daß sie nicht daran zweifelten, sich nach europäischen Begriffen inmitten einer Auslese hervorragender und unbezahlbarer Kunstwerke zu befinden.

Plötzlich sprang der Führer beiseite und schlug einen schweren Teppich, der am Ende der Zimmerflucht angebracht war, zurück. Strahlende Helle flutete ihnen blendend entgegen. An das Dämmer der durchschrittenen Gemächer gewöhnt, mußten sie im ersten Moment die Augen mit den Händen überschatten, um etwas sehen zu können.

Akkad selbst, seinen Gästen zu Ehren in einen Frack nach neuester Pariser Mode gekleidet, trat ihnen entgegen, um sie zu empfangen. Als einzigen indischen Schmuck trug er einen hellgelben Turban, der vorne durch eine riesengroße, über und über mit Smaragden besetzte goldene Schnalle zusammengehalten wurde und die braune, südländische Färbung seines schmalen, schwermütigen Gesichtes besonders betonte.

»Seien Sie mir willkommen...!« sagte er in tadellosem Englisch und schüttelte ihnen der Reihe nach die Hand. »Sie werden entschuldigen, wenn das, was Ihnen hier heute geboten wird, im allgemeinen nicht mit den Vorführungen und Genüssen Ihrer Heimat wettstreiten kann. Nur bei einer einzigen Programmnummer bin ich davon überzeugt, daß Sie selbst in Paris nichts Entsprechendes finden werden und verspare sie darum als besondere Überraschung bis zum Ende des Festes.«

Sie ließen sich auf einer Anhäufung von Polstern und Kissen rings um den Maharadscha nieder. Dieser Platz war erhöht gebaut, so daß sie die übrige Festgesellschaft, die aus zahlreichen buntgekleideten Männern und Frauen bestand, bequem übersehen konnten, ohne mit ihr direkt in Berührung zu kommen. Nur ein einziger Mann, den ihnen der Maharadscha als den Priester Bandar vorstellte, nahm neben ihnen Platz.

Der Maharadscha klatschte in die Hände. Gleichzeitig wurde es mit einem Schlage fast ganz dunkel. Nur um eine in der Mitte des Raumes ausgesparte, teppichbelegte Kreisfläche brannte ein Kranz fahler Flämmchen.

Was nun folgte, war zu mannigfaltig, um hier im einzelnen beschrieben zu werden. Jedenfalls glaubten sich die fünf Männer aus der Welt der Realitäten in ein zauberhaftes Land der Märchen und Träume versetzt. Schwerttänzer, Feuerfresser und Magier lösten einander ab. Fakire durchbohrten sich die Glieder mit glühenden Nadeln und wälzten sich auf haarscharfen Klingen und Dolchspitzen umher. Schlangenbeschwörer entlockten dünnen Flöten schwermütige Töne und lenkten dadurch die Bewegungen giftiger Kobras. Ein Rudel gertenschlanker, rehbrauner Mädchen führte einen wilden Reigen auf, der sich schließlich zu einer sinnlosen Raserei steigerte. Je nach Bedarf flackerten rings um die improvisierte Bühne rote, blaue oder grüne Brände auf und tauchten die auftretenden Gestalten in ein geheimnisvolles Licht.

Niemand hätte genau angeben können, wie lange dieser Zyklus der Ekstase und Hexerei dauerte. Als es endlich wieder hell wurde, waren die fünf Europäer wie betäubt. Akkad bemerkte diesen Zustand und winkte einigen Sklavinnen. Sie verschwanden hinter einem Vorhang und tauchten gleich darauf mit großen Tabletts auf, die mit köstlichen Delikatessen, Wein und Früchten besetzt waren. Etliche Gläser echten französischen Schaumweins, verbunden mit dem Genuß von Hummermayonnaise, Kaviarbrötchen und Lachs vermittelten wieder das Verständnis für Wirklichkeit und irdische Genüsse.

Nachdem sie sich gestärkt hatten, klatschte der Maharadscha wieder in die Hände. Zum zweitenmal versank der Saal in einem Meer von Dunkelheit. Atemlose Stille erfüllte den Raum. Selbst die Männer wurden von der allgemeinen Spannung bezwungen und hörten, wie ihre Herzen aufgeregt pochten.

Und da trat im schillernden Gewand einer Bajadere ein europäisches Weib ein. Die Gestalt von ebenmäßiger, unvergleichlicher Schlankheit, die Beine wunderschön geformt und die Haut von jener marmorweißen, durchsichtigen Blässe, wie man sie zuweilen auf den Frauenbildnissen italienischer Renaissancemaler bewundert. Langsam, ganz langsam glitt sie mehr und mehr in das begrenzte Lichtreich des Flammenkranzes hinein. Die Schatten des schwarzen Hintergrundes sanken einer nach dem anderen von ihrem Körper wie düstere Schleier, bis urplötzlich auch das Gesicht, der Mund, die Augen, das Haar aus dem Dunkel aufschimmerten und den Blicken der Allgemeinheit zugänglich wurden.

»Ivonne ...!«

Fast hätte Erwin diesen Namen laut herausgebrüllt. Aber Francois, der vom ersten Augenblick an gewußt hatte, daß nur sie es sein konnte, schon als Akkad seine Andeutungen über die letzte Programmnummer machte, packte ihn so fest und warnend am Arm, daß er sich in letzter Minute besann und schwieg. »Ivonne,« flüsterte er nun nur ganz leise und sich selbst verständlich, »liebe, liebe Ivonne ..., du lebst!?«

Unterdessen hatte eine dumpfe, aufreizende Musik eingesetzt. Kesselpauken, Flöten und irgendein rauschendes Saiteninstrument. Anfangs gemessen und beherrscht im Tempo steigerten sich die Melodien nach und nach zu einer förmlichen Orgie sich überstürzender Töne und einander hetzender Rhythmen.

Ivonne aber tanzte!

Ihr altes Künstlerblut, das ihr, bevor sie sich mit Erwin verheiratete zu einer ansehnlichen Reihe bemerkenswerter Erfolge verholfen hatte, schäumte wild auf. Auch die Umgebung war durchaus dazu geeignet, in ihr jene Stimmung hochzupeitschen, die sie brauchte, um faszinierend tanzen zu können. Sie fühlte förmlich, wie sie nach und nach all diese Männer und Frauen, die sie regungslos und erstarrt gleich einer braunen Mauer umgaben, in ihren Bann zog, wie allmählich jede ihrer Bewegungen, jedes tolle Aufjauchzen ihres Temperaments in den Herzen der Zuschauer einen bebenden Resonanzboden fand. Das Abenteuerliche der Situation, die Unsicherheit der Zukunft und die Gewißheit versetzte Ivonne schließlich in einen derartigen Taumelzustand, daß sie nicht mehr zu erkennen vermochte, was rings geschah. Sie tanzte nur ..., tanzte, tanzte ... ohne Aufhören, schneller und schneller, von einem verzweifelten Gefühlswirbel getrieben und sah zuweilen das bleiche Gesicht Erwins verzerrt aus dem Dunkel des Raumes dicht neben der blendenden Hemdbrust und dem hellgelben Turban Akkads auftauchen.

Plötzlich brach sie zusammen!

Dr. Renee sprang auf und eilte zu ihr hinab. Erwin wollte folgen, aber Francois und Gorbunow hielten ihn zurück. Er hätte sich zu leicht durch seine Erregung verraten. Renee dagegen war Arzt und daher seine Teilnahme erklärlich.

Auch der Maharadscha erhob sich. Bevor er aber selbst hinunterging, wandte er sich noch einmal an seine Gäste.

»Wie hat es Ihnen gefallen?«

»Fabelhaft!« antwortete Courton für die anderen. »Übrigens kam mir diese Frau sehr bekannt vor. Wenn ich nicht irre, habe ich sie bereits vor einiger Zeit irgendwo in Südfrankreich auftreten sehen!?«

Der Maharadscha lächelte geschmeichelt.

»Das könnte stimmen. Sie war Tänzerin in Marseille.«

»Und heißt?«

»Ivonne Martinet!«

»Die Martinet!? – Daß ich nicht gleich darauf kam! Sie ist einer der beliebtesten Stars von Europa!«

Courton bemerkte, daß der Doktor Ivonne ins Leben zurückgerufen hatte und daß sie sich leise verständigten. Es konnte also nur von Nutzen sein, wenn er den Maharadscha noch etwas aufhielt.

»Wie aber sind Durchlaucht in den Besitz dieser wirklich einzigartigen Künstlerin gekommen?«

»Wie?« Der Maharadscha lächelte wieder. Dann trat er ganz dicht an Francois heran und flüsterte ihm ins Ohr:

»Ich habe sie mir rauben lassen!«

»Rauben lassen? – Das finde ich einfach kolossal! Das ist direkt romantisch! Ich bewundere Durchlaucht um diese Idee!«

Ivonne war aufgestanden und schwankte am Arm des Doktors unter den nicht endenwollenden Beifallsstürmen des versammelten Volkes hinaus. Der Maharadscha folgte ihnen eilig.

Mittlerweile war das Licht aufgeflammt und die Leute machten sich daran, den Saal zu verlassen. Gorbunow versuchte Bandar in ein Gespräch zu ziehen, was ihm aber nicht gelang. Courton und Gerardi tauschten flüsternd ihre Mutmaßungen aus.

Dann kamen der Maharadscha und der Doktor wieder zurück. Sie unterhielten sich lebhaft über den Gesundheitszustand Ivonnes.

»...wie gesagt, Durchlaucht: möglichst wenig innere Erregung, zuweilen etwas Rotwein und vor allem Ruhe, Ruhe und nochmals Ruhe! Die Nerven sind etwas stark mitgenommen und das Herz dadurch in Mitleidenschaft gezogen. Aber in ein bis zwei Wochen kann sich natürlich das alles längst wieder gegeben haben!«

»Ich danke Ihnen, Doktor. Wenn Ihre Zeit es erlaubt, bitte ich Sie, morgen noch einmal bei der Patientin vorsprechen zu wollen!«

Dr. Renee verneigte sich tief.

»Ich werde Durchlaucht gern diesen Wunsch erfüllen und freue mich, auf diese Weise meinen Dank für die uns erwiesene Gastfreundschaft abstatten zu können.«

Noch eine Weile standen die Männer beieinander. Courton äußerte lebhaftes Entzücken über die indischen Tänzerinnen. Er hatte selten so tadellos geformte Frauenkörper gesehen.

Der Maharadscha blinzelte ihm schalkhaft zu.

»Welche gefällt Ihnen am besten?«

»Die Große am linken Flügel mit den roten Blüten im Haar.«

»Sie gehört von heute ab – Ihnen!«

»Aber Durchlaucht...?«

»Oh, bitte, keine Ursache. – Das ist hier nun mal Landessitte. Man schenkt seinen Gästen die Sklavin, die ihnen am besten gefällt. Morgen früh wird sie sich Ihnen vorstellen.«

Man verabschiedete sich in der heitersten Stimmung. Courton konnte sein »Glück« noch immer nicht fassen, worüber der Maharadscha sich aufs beste amüsierte. Für den nächsten Tag wurde eine gemeinsame Tigerjagd in dem Gandakdschungel verabredet. In scheinbar bestem Einvernehmen trennten sich dann die Männer voneinander.

Kapitel 17
Ein unheimliches Wiedersehen

Als die Freunde wieder in ihren Zimmern angelangt waren, schloß Dr. Renee fürsorglich alle Türen, überzeugte sich, daß sie wirklich von keiner Seite beobachtet werden konnten und ließ sich dann inmitten der vier anderen Männer, die bereits in höchster Spannung auf seinen Bericht warteten, nieder.

»Schießen Sie endlich los, Doktor...!« sagte Francois, da Renee noch immer zögerte. »Der arme Erwin vergeht sonst vor Aufregung!«

In der Tat sah Erwin sehr mitgenommen aus. Sein Gesicht hatte alle Farbe verloren und seine Hände zitierten so stark, daß er die Zigarette, die er angeraucht hatte, um sich zu beruhigen, wieder fortlegen mußte.

»Also, meine Herren...«, begann der Doktor und schraubte die Klangstärke seiner Stimme auf ein Minimum herab. »Frau Ivonne wohnt in dem sogenannten Gartenpalais, das inmitten des großen Parkes, der durch den Gandak begrenzt wird, liegt. An ein Entkommen konnte sie bisher natürlich nicht denken, da der Fluß von Krokodilen wimmelt und der Park auf allen anderen Seiten von einer unübersteigbaren Ringmauer umgeben ist, deren Tore mit bewaffneten Wächtern besetzt sind. Es liegt also an uns, Mittel und Wege zu finden, um sie zu retten.«

»Der Weg ist längst vorhanden!« warf Gorbunow ein. »Nämlich die Luft! Mein Flugzeug ist zu jeder Zeit startbereit! Frau Ivonne braucht bloß einzusteigen.«

»Sehr schön! – Es handelt sich also noch um die Mittel, wie Frau Ivonne, ohne von der Dienerschaft bemerkt zu werden, das Schlößchen verlassen kann ... und dann um noch etwas, woran wir noch wenig gedacht haben ...!«

»Und das wäre?«

»Die anderen Frauen!«

»Alle Wetter, ja!« sagte Courton und schlug sich mit der flachen Hand auf die Stirn. »Hatte Frau Ivonne eine Ahnung, ob noch irgend jemand von den Unglückseligen lebt?«

»Nein. – Sie hat bisher noch nichts Bestimmtes ergründen können. Aber sie glaubt aus den Reden des Maharadscha schließen zu dürfen, daß wenigstens ihre Vorgängerin bisher noch nicht umgebracht wurde.«

»Das ist Jeannette! Wir müssen sie befreien!« rief Juffo nun so laut, daß Gorbunow ihm einen heftigen Rippenstoß gab.

»Wenn sie so unbesonnen und laut sind,« sagte Dr. Renee verweisend, »werden Sie nicht nur Frau Ivonne und Jeannette, sondern auch uns ins sichere Verderben stürzen. Ich empfehle Ihnen, sich etwas zu beherrschen.«

»Haben Sie mit meiner Gattin irgendwelche Verabredungen getroffen?« erkundigte sich Erwin, den Wortwechsel unterbrechend, da es ihm in erster Linie darauf ankam, Ivonne wiederzusehen.

Dr. Renee nickte bedächtig.

»Natürlich, das habe ich. – Wir sollen bald nach Mitternacht das Schloß von der Südseite erklettern und durch ein Fenster einsteigen, aus dem ein weißes Handtuch wehen wird.«

»Sind denn an der Südseite keine Wächter?« fragte Courton zweifelnd.

»Nein. Die Südseite wird von einem kleinen See begrenzt, in dem der Maharadscha seine Zierfische hält.«

»Befindet sich wenigstens ein Boot auf diesem Fischteich?«

»Leider nicht. – Aber am Gandak sollen mehrere leichte Gondeln liegen, deren eine wir mit vereinten Kräften nach dem See hinübertransportieren können.

»Gut. Und was weiter...?«

»Weiter spendiert Frau Ivonne heute abend ihrer Dienerschaft in Anbetracht ihres künstlerischen Erfolges etwas Alkohol, der außerordentlich einschläfernd wirken wird.«

»Da stecken Sie natürlich dahinter!«

»Es läßt sich nicht abstreiten. Ich gab ihr die Pastillen sogar in Gegenwart des Maharadscha, der sie in bewunderungswürdigem Scharfsinn für ein nervenberuhigendes Mittel hielt.«

»Großartig! Und dann ...?«

»Wenn die Dienerschaft schläft, wird das ganze Schloß nach den übrigen Vermißten, die vielleicht irgendwo in den unteren Räumlichkeiten festgesetzt sind, durchsucht und dann, je nachdem wie das Ergebnis ausfällt, entweder sofort aufgebrochen und fortgeflogen oder ein neuer Plan zur Befreiung der Frauen entworfen!«

Die Freunde fanden die Ausführungen des Dr. Renee hervorragend und bewunderten die Ruhe und Umsicht, mit der er alles in die Wege geleitet hatte. Es wurde beschlossen, daß er, Erwin und Juffo in das Schloß eindringen, Courton dagegen mit einem Boot unter dem Fenster warten und Gorbunow das Flugzeug bereithalten sollte.

Genau um Mitternacht brachen sie auf. Um den Hofplatz zu vermeiden, auf dessen sternförmig gemusterten Fliesen zwei lanzenbewehrte Inder reglos kauerten, ließen sie sich durch ein Fenster auf der anderen Seite direkt in den Park hinab und nahmen, vom Mondlicht begünstigt, den Weg zum Gandak. Hier begegnete ihnen das erste Hindernis in Gestalt einer Kette, mit der das kleinste und daher allein in Betracht kommende Boot an den Anlegesteg festgeschlossen war. Glücklicherweise fand sich aber in Gorbunows umfangreichen Taschen eine Feile, die dieses Übel beseitigte und es ihnen ermöglichte, das Fahrzeug ans Ufer zu ziehen. Es war kein Vergnügen, das triefendnasse, stark geteerte Ding auf die Schultern zu heben und so durch die dunkeln, stellenweise dicht verwucherten Büsche des Parkes zu schleifen. Aber sie schafften es doch. Das Bewußtsein, einem oder vielleicht sogar mehreren Menschen auf diese Weise das Leben retten zu können, flößte ihnen Zähigkeit und Kraft ein.

Glatt und still wie ein großer Spiegel lag der See vor ihnen. Das Mondlicht glitzerte auf seiner Flut und überschüttete sie bei dem geringsten Lufthauch mit einem Schleier funkelnder Brillanten. Lautlos schoben sie das Boot ins Wasser. Gorbunow reichte ihnen die Ruder und stieß sie ab. Dann huschte er selbst wieder in den Schatten der Bäume zurück und suchte sich einen Pfad nach der Grasfläche, auf der die Maschine gelandet war.

Unterdessen wuchs den vier Männern der Palast in düsteren Umrissen entgegen und verdeckte nach und nach mit seinen Flächen die blanke Scheibe des Mondes. Ganz dicht fuhren sie an das steinerne Ungetüm heran, dessen Fenster glanzlos und blind in die Nacht hineinstierten. Nur aus einer Nische in beträchtlicher Höhe wehte, wie die Gestalt eines tanzenden, bleichen Gespenstes, ein Handtuch.

»Dort ...!« sagte Dr. Renee und wies nach oben.

Das Schloß war über und über mit einem großblätterigen dichten Rankengewirr überzogen und daran wollten sie hinaufklettern. Erwin sollte den Anfang machen, Renee und Juffo in kurzen Abständen folgen. Im letzten Augenblick entdeckte Courton ein Tauende, das in das Pflanzengewirr geschmiegt, bis auf den Wasserspiegel hinabhing. Ivonne hatte vorgesorgt.

Unter diesen Umständen entwickelte sich der Aufstieg ziemlich schnell und gefahrlos. Ivonne stand oben an der Brüstung und reichte ihnen die Hand entgegen. Nach einer Viertelstunde waren sie geborgen.

Als der erste Sturm der Wiedersehensfreude bei den glücklichen Gatten verebbt war, wurde beratschlagt. Ivonne hatte aus dem Benehmen Akkads den Eindruck gewonnen, daß der Saal, in dem sich das rote Springbrunnenbecken befand, irgendein Geheimnis bergen müsse. Sie beschlossen daher, dort mit der Durchsuchung zu beginnen.

»Übrigens erschreckt nicht!« flüsterte Ivonne, bevor sie das Gemach verließen. »Es sieht bei mir aus, wie in Dornröschens Schloß ...!«

Tatsächlich boten die Säle, die vom Mondlicht nur schwach erhellt wurden, ein sehr merkwürdiges Bild. Überall lagen schlafende Gestalten in den seltsamsten Posen.

»Seht euch vor, daß ihr auf niemand tretet!« warnte leise der Doktor. »Das Mittel ist zwar recht stark, wirkt aber nicht absolut betäubend!«

Sie betraten den Springbrunnensaal. Ivonne zog die dichten Vorhänge vor die Fenster und sie entzündeten ihre Blendlaternen. Dann ging es ans Suchen, über alle Bemühungen blieben vergeblich. Außer den sichtbaren Türen war nirgends ein geheimer Ausgang zu bemerken. Sie wollten bereits entmutigt ablassen und sich an die übrigen Räume machen, als Juffo den Einfall hatte, mittels eines Kranes, der neben dem roten Steinbecken angebracht war, den Springbrunnen abzustellen. Das Rauschen verstummte mit einem Schlage. Schwere, beklemmende Stille trat ein. Nur unten im Becken gluckste es leise, dort, wo nun das übriggebliebene Wasser ablief. Und dann lag der Boden des Steinbehälters frei. Auf seiner feuchten, glatten Fläche aber bemerkten sie alle gleichzeitig einen großen, eisernen Griff.

Die Männer sahen sich an. Fast hörbar klopften ihre Herzen. Sie hatten das sichere Gefühl, daß nun die Stunde gekommen sei, wo sich ihnen ein großes, vielleicht furchtbares Geheimnis offenbaren werde. Juffo überstieg als erster den Rand des Beckens, ging vorsichtig bis zum Griff und versuchte ihn zu bewegen. Es gelang ihm zuerst in keiner Weise. Erst als ihm Erwin zu Hilfe kam und sie ihre Kräfte vereinigten, ließ sich der Bügel ein wenig anheben und konnte dann ohne bemerkenswerte Anstrengung nach der Seite verschoben werden. Dadurch wurde eine kleine Metallplatte freigelegt, die ein bewegliches Zahlensystem aufwies. Es galt also jedenfalls nur die Nummer zu wissen und das Rätsel war gelöst. Nach langwierigen und zeitraubenden Kombinationen, die zu keinem Erfolg führten, kam Ivonne schließlich auf die merkwürdige Zahl 1313! Man stellte sie ein und im gleichen Augenblick knirschte es hörbar in einer Ecke des Zimmers. Dort hing ein Teppich. Renee schlug ihn zurück und wies triumphierend auf eine offene Tür, die eine in die Tiefe führende Treppe freigab.

Mit Blendlaternen und Pistolen in der Hand schlichen sie vorsichtig einer hinter dem anderen die Stufen hinab. Sie gelangten in einen langen, dunklen Gang, an dessen Wänden das Wasser hinablief. Jedenfalls befanden sie sich unter dem Spiegel des Sees. Schließlich standen sie vor einer verriegelten Tür. Der Doktor öffnete sie umständlich. Ein paar Stufen führten nach oben in einen trockenen und sauberen Raum, dessen Fußboden mit bunten Fliesen ausgelegt war. Im Hintergrunde war eine schwarze Portiere sichtbar.

Es war seltsam, daß sie alle in diesem Augenblick halt machten und sich eines unerklärlichen Gefühls des Grauens nicht zu erwehren vermochten. Keiner wollte als erster das Gewebe zurückschlagen, und doch brannten sie alle darauf, zu erfahren, was sich dahinter verbarg.

Juffo faßte sich endlich ein Herz und schlug den Vorhang auseinander. Vor ihm gähnte ein langer, feuchter, schlauchartiger Raum. Dicht aneinandergedrängt schoben sie sich hinein und blieben im gleichen Augenblick wie erstarrt stehen. Irgendwo in unmittelbarer Nähe und dennoch scheinbar weit entfernt ertönten die halberstickten Laute einer menschlichen Stimme...!

Mit angehaltenem Atem blickten sie sich um, von einem eisigen Grauen geschüttelt. Sie zweifelten keinen Augenblick, daß sie nun der Enträtselung des Geheimnisses von Sukentala ganz nahe waren und fürchteten dennoch, daß die Wahrheit zu furchtbar sein würde, um mit klaren Sinnen ertragen werden zu können. Besonders der Doktor zitterte wie im Fieber.

Nachdem sie eine kleine Weile den menschlichen Lauten, die sie alsbald als das verzweifelte Weinen einer Frau erkannten, nachgegangen waren, stießen sie endlich auf eine schwere, gußeiserne Falltür, deren Verschluß ohne besondere Mühe geöffnet werden konnte. Eine schmale, hölzerne Treppe führte in die Tiefe. Das Schluchzen klang nun ganz nah und erschütterte die Männer bis ins Herz.

»Ist dort jemand unten?« fragte Erwin halblaut auf Französisch.

Das Weinen verstummte sofort. Dann ließen sich tappende, schlürfende Schritte vernehmen. Näher und näher. Und dann erschien im Lichte der Strahlenkegel eine weibliche Gestalt. Jeannette!

Bei ihrem Anblick konnten sich selbst Erwin und Juffo, die bisher einigermaßen ihre Haltung bewahrt hatten, der Tränen nicht erwehren. Fürsorglich halfen sie der Unglücklichen aus ihrem dumpfen Gefängnis. Sie selbst vermochte nichts zu sagen. Dicht neben der Falltür sank sie bewußtlos zusammen.

Es dauerte eine Weile, bis Dr. Renee, der sich wieder aufgerafft hatte, Jeannette ins Leben zurückrief.

»Wo sind die anderen Frauen, die hierher verschleppt wurden?« stieß Erwin erregt hervor, als das Mädchen die Augen öffnete.

Jeannette wies verzweifelt in die Tiefe.

»Sie sind alle tot! ...Alle ermordet oder »geopfert«, wie sie es hier nennen! ...Ungezählte Mädchen haben dort drunten bereits unter dem Messer des grausamen Unholdes Bandar ihr Leben gelassen! ...O, bitte, bitte bringt mich fort aus diesem entsetzlichen Bluthause und diesem unmenschlichen Lande...!«

Sie hoben Jeannette unverzüglich auf und trugen sie hinaus. Die schwarze Portiere schloß lautlos ihre grauenbewahrenden Falten hinter ihnen.

Dann durcheilten sie den langen Gang, stiegen die Treppe empor, betraten das Springbrunnenzimmer und hofften bereits gerettet zu sein. Da bemerkten sie zu ihrem Schreck, daß das ganze Schloß erleuchtet war. Waffengeklirr hallte allenthalben. Eine Tür wurde weit aufgerissen. Mehrere bis an die Zähne bewaffnete Männer stürmten unter lauten Flüchen herein. An ihrer Spitze aber stand Afru!

Es war ein seltsamer Augenblick, als sich diese beiden, höchst ungleichen Menschenhaufen begegneten. Auf beiden Seiten erst unwillkürliches Erstarren, Zögern und Mustern des Gegners und dann ein gleichzeitiges wutentbranntes, rachegieriges Aufeinanderlosspringen.

Revolver krachten. Kostbare Gegenstände fielen laut klirrend zu Boden und kollerten über den Teppich. Mit einem röchelnden Schrei wahnwitzigen Hasses sprang Dr. Renee auf Afru zu und verkrallte seine Hände in dessen Hals. Sie wälzten sich auf dem Boden. Es war unmöglich, sie auseinanderzureißen. Sie hatten sich ineinander verbissen wie wilde Tiere.

Unterdessen wurden Erwin, Juffo und die beiden Frauen, trotz tapferster Gegenwehr von der Übermacht im Handumdrehen überwältigt und gefesselt. Als sie hinausgestoßen wurden, bemerkten sie noch wie der Doktor einen zu Boden gefallenen Dolch aufraffte und ihn Afru grausam lachend bis zum Heft ins Herz stieß. Dann schloß sich die Tür und trennte sie von dem entsetzlichen Schauspiel.

Sie wurden durch den Park nach dem Hauptpalast geführt, und zwar in denselben Saal, in dem sie einige Stunden zuvor dem Tanze Ivonnes zugeschaut hatten. Der Platz, an dem sie gesessen hatten, war von Akkad, Bandar und einigen finster blickenden Männern in weißen Gewändern besetzt. Vor den Stufen standen bereits schwer in Ketten geschlossen, Courton und Gorbunow. Letzterer trug eine blutige Binde um die todbleiche Stirn. Ein Beweis, daß der Russe sich nicht ohne Kampf den Häschern ergeben hatte.

»Wo ist Afru und der fremde Arzt?« herrschte Bandar die Krieger an.

»Afru ist tot!« antwortete einer der Männer. »Der Arzt hat ihn erstochen!«

Eine minutenlange Stille trat ein.

Bandars Gesicht wurde noch finsterer.

»Das werdet ihr büßen!« zischte er schließlich wütend. Dann gab er ein Zeichen. Ein Mann erhob sich und begann die Gefangenen zu verhören. Er bezichtigte sie des Landfriedensbruchs und eines feigen Raubversuchs. Sie sollten sich verteidigen.

Aber die sechs Europäer schwiegen. Es war, als sei in dieser furchtbaren Stunde ein unsichtbares Band des Einvernehmens um ihre Herzen geschlungen worden.

Plötzlich sprang Bandar auf.

»Daß ihr schweigt, beweist, daß ihr eure Schuld anerkennt! Ihr seid Mörder und Räuber! Ich, als der höchste Priester von Sukentala verlange Rache für das vergossene Blut unseres treuesten Dieners Afru! In deine Hände, Maharadscha, ist es gelegt, die Art des Todes, den diese Verbrecher sterben sollen, zu bestimmen!«

Alle Augen richteten sich nun auf Akkad, der bisher regungslos und erstarrt dagesessen und Ivonne mit seinen Blicken verschlungen hatte. Man sah, wie es in ihm kämpfte und daß es wohl selten einem Richter so schwer wurde, das Urteil zu fällen. Mehrere Male bewegte er seine Lippen, als wollte er etwas sagen. Aber niemand hörte auch nur das leiseste Wort!

Die Richter wurden ungeduldig. Ein alter Mann, mit wallendem weißen Bart und fanatischen, hageren Gesichtszügen sagte sogar ganz laut:

»Das Unglück lastet lange genug auf den Kindern von Sukentala. Es wird Zeit, daß Brahma ein großes Blutopfer erhält, damit die Schuld abgespült werde!«

Die anderen bekundeten murmelnd ihren Beifall.

Aber Akkad schwieg.

Da trat Bandar einen Schritt auf den Maharadscha zu, maß ihn mit verächtlichen Blicken und rief:

»Akkad! Wenn du zu schwach bist, Gerechtigkeit zu üben, so fällt dieses Amt nach uraltem Göttergesetz auf mich, den obersten Priester!«

Akkad zuckte zusammen. Noch immer hielten seine Blicke Ivonne umfangen, als hoffe er sie dadurch vor dem Unglück bewahren zu können. Und plötzlich füllten sich seine großen, tieftraurigen Knabenaugen mit Tränen. Er fühlte, daß er nichts tun konnte, daß er machtlos war und dem Willen dieses harten, unbarmherzigen Greises gehorchen mußte. Mit gesenktem Kopfe, als schäme er sich seiner Worte, flüsterte er tonlos:

»Bei Sonnenaufgang verbrennen...!«

Kapitel 18
In letzter Minute!

Man hielt es nicht für notwendig, die Verurteilten für die wenigen Viertelstunden, die ihnen noch bis zur Hinrichtung blieben, in ein besonderes Gewahrsam bringen zu müssen. Sie wurden in ein Zimmer im Erdgeschoß gestoßen und die Türen von außen verriegelt. Wachen gingen lautlos davor auf und nieder und unter den Fenstern drängte sich eine tausendköpfige, rasende Menge, die zu wiederholten Malen den Namen Afrus anklagend in die Luft schrie. An eine Flucht war unter diesen Umständen nicht zu denken.

Die Gefangenen saßen stumm auf den teppichbelegten Fußboden nebeneinander. Ivonne hatte ihren Kopf an Erwins Brust gelegt und die Augen halb geschlossen. Um ihren Mund spielte ein trauriges Lächeln. Jeannette war völlig apathisch geworden. Die Männer hatten harte, bleiche Gesichter.

Nach einiger Zeit – draußen begann es bereits zu dämmern – wurde ein Riegel zurückgeschoben und in der Türe erschien Dr. Renee. Auch er war gefesselt. Aber er sah weder mutlos noch verzweifelt aus. Im Gegenteil, er rieb sich sogar mit übertriebener Vergnügtheit die Hände, was sich zu dieser Stunde und in dieser Umgebung, zumal die Ketten dabei rasselten und klirrten, einigermaßen befremdend ausnahm.

»Haben Sie eine gute Botschaft ... Doktor ...?« fragte schließlich Erwin, um das lastende Schweigen zu brechen.

Der Doktor lachte verschmitzt und vielverheißend. Ganz dicht trat er an die Freunde heran und spreizte dann stolz drei Finger seiner Rechten in die Höhe.

»Drei ...!« kicherte er tückisch.

»Was heißt drei?« erkundigte sich Gorbunow und schob sich die blutgetränkte Binde zurecht, die ihn am Sehen behinderte.

»Drei ... heißt ... drei! – – Drei Tote!« Dabei wies er mit dem Zeigefinger auf sich selbst. »Hört und staunt: drei Tote durch mich!«

Die Gefangenen wurden aufmerksam. Dieser Doktor war ein Teufelskerl. Ihm war dergleichen zuzutrauen. Selbst Jeannette öffnete die Augen und sah interessiert zu ihm hinüber.

»Wer sind die Toten?«

»Erstens Afru! – Übrigens habe ich eine Botschaft von ihm auszurichten, und zwar an Sie, Frau Ivonne. Seinen letzten Seufzer hauchte er in Form Ihres Namens aus. Leider konnte ich es nicht verhindern. Auf alle Fälle scheint dieser Hund Sie entweder sehr gehaßt oder – was ich mehr annehme – Sie sehr geliebt zu haben ...?!«

Er schien von Ivonne eine Erklärung zu erwarten, fuhr aber, da diese ausblieb, fort:

»Der Zweite war einer dieser braunen Teufel, die sich auf mich stürzten, um mich festzunehmen, als ich mit Afru fertig war. Es ist ihm übel bekommen. Ich schlug ihm seinen mürben Schädel so heftig gegen die steinerne Bassinwand, daß er zerspritzte wie ein faules Ei. Dadurch entstand etwas Raum um mich und ich konnte ein Fenster gewinnen, durch das ich mich hinausschwang. Da es recht hoch war und ich mich, unten angelangt, leblos stellte, bildeten sich die von oben herabschauenden Kerle ein, ich habe das Zeitliche gesegnet und begaben sich befriedigt nach der Gerichtsversammlung, deren Verlauf sie scheinbar mehr interessierte als mein Gesundheitszustand. – Als die Luft rein war, kroch ich auf allen Vieren nach dem Flusse davon. – – Im Begriff einen Weg zu überqueren, hörte ich plötzlich ganz in der Nähe Schritte. Ich versteckte mich hinter einem Baume und wartete. Ich sah eine sehr große Männergestalt, die langsam auf mich zukam. Nach einigen Minuten konnte ich im fahlen Licht des untergehenden Mondes ziemlich deutlich erkennen, daß es sich um Bandar handeln mußte. Scheinbar suchte er nach den Anstrengungen der Gerichtsversammlung in der nächtlichen Kühle des Parkes sein Blut zu beruhigen. Eine große Wut packte mich, als ich ihn so kommen sah. Der erste, den ich getötet hatte, war nur ein Mittelsmann gewesen, dieser aber war der Mörder Elisens persönlich. Als er dicht neben mir war, sprang ich hinter meinem Baumstamm hervor und packte ihn an der Gurgel. Er wollte schreien, aber ich drückte ihm die Kehle so fest zu, daß er kaum zu röcheln vermochte. Ein roter Schleier benebelte meine Sinne. Ich sah nichts und wußte nichts! Ringsum wogten blutige Flammen. Als ich aus dem Taumel erwachte, war er tot!«

Der Doktor verstummte. Die gespielte Fröhlichkeit war aus seinem Gesichte verschwunden. Nun, da er all diese Vorgänge erzählte und sie dadurch zum zweitenmal, und zwar intensiver wiedererlebte, wurde ihm erst die ganze Tragweite seiner Handlungsweise bewußt.

»Es war grausig...«, erzählte er flüsternd weiter und ein Schauer schüttelte seinen Körper. »...wie der lange Mensch dalag, vom Mondlicht übergossen, mit weitoffenen Lippen, zwischen denen die Zähne wie bei einem Raubtier bleckten. Ich warf ihm seinen weißen Mantel auf das Gesicht, hob ihn unter Aufbietung aller Kräfte auf die Schulter und trug ihn zum Fluß. Das Wasser gluckste hungrig auf, als er in seiner gelben Tiefe verschwand. Morgen früh schwimmt er bereits im Ganges, wenn ihn nicht schon früher die Krokodile verzehren.«

»Und wie kommen Sie nun hierher, und warum haben Sie sich nicht gerettet?« fragte Jeannette und sah diesem Mann, der im Laufe einer kurzen Stunde drei Menschen umgebracht hatte, mit einem Gemisch von Bewunderung und Grauen ins Gesicht.

»Warum ... warum? – – Sie fragen mich zu viel, Jeannette. Genügt es Ihnen, wenn ich darauf antworte: ich mußte! Als die Leiche von meinen Schultern in den Fluß geglitten war, zwang mich irgendeine unerklärliche Macht dazu, noch einmal nach der Stelle zurückzugehen, wo ich die Untat verübt hatte. Bereits auf dem Wege dorthin wurde ich von ein paar Wächtern aufgegriffen, die mich, ohne zu wissen, was wenige Minuten vorher geschehen war und in der Annahme, ich wollte fliehen, fesselten und hierher brachten.«

Der Doktor bedeckte das Gesicht mit den Händen. Lange Zeit saß er so ohne sich zu regen. Nur zuweilen erschütterte seinen Körper ein leises, krampfhaftes Beben. Die Aufregungen dieser Nacht und die gewaltige Willensanstrengung, mit der er sich bis zur letzten Minute aufrecht erhalten, ja seinen Gefährten sogar eine gewisse Sorglosigkeit vorgespielt hatte, waren zu groß gewesen. Die Reaktion machte sich geltend. Er schluchzte wie ein kleines Kind.

Ivonne erhob sich und ging zu ihm hinüber. Sie nahm seinen fieberheißen, zuckenden Kopf zwischen ihre schmalen, kühlen Hände und streichelte ihn zärtlich.

»Beruhigen Sie sich, Doktor!« sagte sie dabei weich und mütterlich. »Beruhigen Sie sich! Sie haben nichts Böses getan. Im Gegenteil. Sie erfüllten eine Pflicht, sie übten Gerechtigkeit und Vergeltung. Auch ich hätte es früher einmal tun können und unsagbares Leid wäre mir und uns allen erspart geblieben. Aber ich habe die Stunde versäumt! Das werde ich mir nie verzeihen!«

Auf dem Hofe wurde ein dumpfes Poltern vernehmlich. Dort schichteten die Krieger von Sukentala den Holzstoß, auf dem Brahma das große Blutopfer empfangen sollte. Es war bereits so hell, daß man deutlich die Gestalten der eifrig arbeitenden Männer erkennen konnte. Die Besonnenheit, mit der sie dabei vorgingen, wies darauf hin, daß sie dieses Werk nicht etwa zum erstenmal ausführten, sondern darin bereits über eine gewisse Erfahrung verfügten. Wieviel ähnliche Scheiterhaufen mochten auf diesem Platz im Laufe der Jahrhunderte gelodert, wieviel unglückselige Menschen auf den Befehl einer grausamen und blutdürstigen Religion ihr Leben unter den furchtbarsten Qualen ausgehaucht haben?

Die sieben Todgeweihten hatten sich erhoben und so gut es ging, ihr Haar und ihre Gewänder geordnet. Aneinandergelehnt standen sie in der Nähe des Fensters und beobachteten wie der düstere Holzstoß wuchs und wuchs. Äußerlich erschienen sie nun ganz ruhig und in ihr Schicksal ergeben. Auch der Doktor hatte unter dem Zuspruch Ivonnes seine Beherrschung wiedergewonnen und schaute gleichmütig vor sich hin.

Nach einer Weile erscholl lautes rohes Stimmengewirr vor der Tür. Die Riegel knirschten. Schwerbewaffnete Krieger stürmten herein und zerrten die Europäer auf den Flur. Als sie auf dem Hofe erschienen, erhob sich ein tausendstimmiges Wutgeheul. Akkads Diener und die anwesenden Priester hatten Mühe, die Unglücklichen vor der Rachgier der entfesselten Menge zu beschützen.

Einer nach den anderen erstiegen sie den Holzstoß, paarweise wurden sie an die Pfähle gekettet, die aus dem Gewirr der Baumstämme und Äste emporragten. Ivonne wurde auf ihre flehentlichen Bitten mit Erwin zusammengefesselt. Jeannette stand allein. Gorbunow hatte Juffo und der Doktor Francois Courton zum Todesgefährten.

Als alles zum Opfer bereit war, erstieg Akkad die Tribüne, die man gegenüber dem Richtplatz erbaut hatte. Er sah furchtbar blaß aus und war in ein schwarzes Gewand gekleidet. Auch sein Haupt bedeckte ein schwarzer Turban. Mit niedergeschlagenen Augen schritt er die Treppe hinauf und ließ sich in dem einen der beiden Sessel nieder. Der andere blieb leer.

Es war offensichtlich, daß noch auf jemand gewartet wurde. Diener eilten aufgeregt zwischen den Opferpriestern und dem nahen Tempel hin und her. Dann erklomm einer der weißgekleideten Männer die Tribünen und flüsterte Akkad etwas fragend ins Ohr. Der aber schüttelte kurz und verneinend das Haupt. Allenthalben sah man ratlose Gesichter. Scheinbar war Bandars Verschwinden erst jetzt bemerkt worden.

In diesem Augenblick ging über den endlosen Wäldern des Gandakdschungels die Sonne auf. Die Kuppeln des Himalaja färbten sich purpurn und golden. Die Vögel begannen zu singen.

Nun verstummte selbst das Volk. Alle wußten: die große Stunde war gekommen. Denn Akkads Spruch hatte gelautet:

»Bei Sonnenaufgang verbrennen!«

Der Oberpriester bestieg, ohne noch länger auf Bandar zu warten, mit einem breiten, blitzenden Messer den Scheiterhaufen. Einen Moment zauderte er, wem der erste Todesstoß gelten sollte. Dann schritt er auf Ivonne zu:

»Dich soll Brahma als erste empfangen, denn du hast alles verschuldet!« knirschte er zwischen den Zähnen.

Kein Laut entrang sich den Lippen des Weibes. Mit geschlossenen Augen, den Rücken an die kalte Rinde des Baumstammes gepreßt, erwartete sie krampfhaft das Ende. Aber Erwin reckte den Arm auf gegen den Priester, so weit die Ketten es erlaubten:

»Sie ist unschuldig!« rief er heiser. »Töte mich zuerst. Ich bin ihr gefolgt und wollte sie euch entreißen!«

Unwillkürlich blickte der Priester auf die zitternde, eisenumschlossene Hand, die sich ihm flehend entgegenhob. An dieser Hand funkelte im Feuer der ersten Sonnenstrahlen, von den Leibern goldener Schlangen umringelt, wie ein erstarrter Blutstropfen ein großer Rubin.

»Der Ring des Rithnar!« schrie der Priester so schrill, daß es weit über die atemlos zuschauende Menge hinweggellte.

»Der Ring des Rithnar bewahrt vor dem Tode!«

Akkad sprang auf.

»Bringt ihn mir!« rief er fast jauchzend herüber.

Der Priester zog, demütig auf die Knie niedersinkend, den Ring von Erwins Finger und eilte damit zum Maharadscha.

»Er ist es … er ist es…!« keuchte er und legte ihn ehrfurchtsvoll vor Akkad auf die Brüstung. »Ich selbst habe ihn Afru nach Europa übersandt! Ich selbst! Und ich hatte ihn auch vorher in Verwahrung.«

Lange betrachtete Akkad das blitzende Kleinod. Dann glitt ein Blick zu den Verurteilten hinüber. Ein weicher und doch unendlich trauriger Zug glitt über sein schmales, schönes Gesicht.

»Laßt … sie … frei…!« sagte er tonlos.

Die sieben Europäer wußten zuerst nicht, wie ihnen geschah. Kannte doch außer Erwin und Ivonne niemand die Bewandtnis dieses wundertätigen Ketten gelöst wurden.

Erst als Akkad auf sie zutrat, ihnen der Reihe nach die Hände schüttelte und ein über das andere Mal immer wieder die Worte sagte:

»Ihr seid frei! … Ihr seid frei…!« begriffen sie das Glück des wiedergeschenkten Lebens und sanken einander unter Tränen lachend in die Arme.

ENDE